삶은 몇 고개인가

시와소금 산문선 · 021

삶은 몇 고개인가

ⓒ한정남, 2025. printed in seoul, Korea

초판 1쇄 인쇄 2025년 10월 15일
초판 1쇄 발행 2025년 10월 20일
지은이 한정남
펴낸이 임세한
디자인 유재미 정지은

펴낸곳 시와소금
출판등록 2014년 1월 28일 제424호
발행처 강원 춘천시 충혼길20번길 4, 1층 (우-24436)
편집 · 인쇄 주식회사 정문프린팅

전자주소 sisogum@hanmail.net
구입문의 ☎ (070)8659-1195, 010-5211-1195

ISBN 979-11-6325-099-9 03810

값 14,000원

강원특별자치도 강원문화재단
· 이 책은 강원특별자치도 강원문화재단의 후원금으로 발간되었습니다.

시와소금 산문선 021

삶은 몇 고개인가

한정남 산문집

시와소금

삶은 때때로 예기치 못한 고난으로 우리를 시험합니다. 남편의 뇌출혈과 파킨슨병, 삼 년 전 저를 덮친 급발진 사고로 인한 전신 골절, 그리고 유방암이라는 또 하나의 어두운 터널……. 그 모든 시련은 제 삶을 송두리째 흔들어 놓았지만, 저는 그 안에서 삶의 깊이를 새롭게 배웠고, 하루하루를 선물처럼 여기게 되었습니다.

고통은 나를 깎아내리기 위한 시간이 아니라, 내면을 다듬고 삶의 본질을 새기게 하는 시간이었습니다. 쓰러진 자리에서 다시 일어설 수 있었던 힘은 가족의 따뜻한 손길이었고, 끝내 놓지 않았던 희망의 끈이었습니다.

이 책은 그 시간의 조각들을 한 알 한 알 엮어낸 저의 이야기 입니다. 고통 속에서도 희망의 씨앗은 자라고 있었고, 그 씨앗은 마침내 꽃을 피워 오늘의 저를 다시 세상 속으로 이끌어 주었습 니다.

지금, 저는 하루하루를 감사히 살아가며, 저의 손길이 필요한 곳에서 봉사하고, 글을 통해 마음을 전하며 또 다른 삶의 봄을 맞이하고 있습니다.

이 글이, 지금 인생의 겨울을 지나고 계신 누군가의 마음에 작은 등불 하나 되어 드릴 수 있기를 소망합니다. 삶은 언제나 다시 피어날 힘을 품고 있으니까요.

이 책의 출간을 지원해 주신 강원문화재단 이사장님과 임직원 여러분께 깊이 감사드리며, 출판을 맡아주신 《시와소금》 대표님과 직원 여러분께도 고마운 마음을 전합니다.

2025년 10월 저자 한정남

| 차례 |

| 책을 묶으면서 |

제1부 | 죽림골의 향기

제2부 | 그리움 끝에 선 고향

한가위 가족 나들이

"올 추석은 연휴가 기니, 가평에 있는 쁘띠프랑스와 이탈리아 마을로 가족 나들이를 가요." 라고 작은 아들이 말했다.

지난해 교통사고에 이어 암 투병까지 겪은 나를 위한 배려인 듯했다. 추석 차례를 지내고 부활성당에서 남편과 조상님들을 위한 연미사를 드린 후 길을 나섰다.

점심은 막국수를 먹기로 하고, 내비게이션이 안내하는 시골길을 따라가니 입구에서 주차요원이 손을 들어 차를 멈춰 세운다. 핸드폰으로 식당 측과 연락을 주고받더니, "차 네 대가 나가면 들어가세요." 한다. 좁은 외길을 1km쯤 들어가자, 제법 넓은 주차장이 이미 차들로 가득 차 있었다. 첩첩산중 외딴길에도 주차요원이 두 명씩 배치돼 있고, 산속 어디든 인터넷으로 맛집을 찾아간다. 세상은 참 많이 달라졌다.

점심을 먹고 20여 분 달려가니, 프랑스 리옹 출신 작가 생텍쥐페리의 『어린 왕자』를 주제로 한 테마공원이 눈앞에 펼쳐진다. '쁘띠프랑스'는 산비탈 따라 오밀조밀 지어진 프랑스 전통 가옥들이 동화 속 마을처럼 다가온다. 골목골목 들어설 수 있으며, 1층 상점에는 실체처럼 물건이 진열되어 있고, 2층은 숙소로 사용되는 듯했다. 작은 별에서 온 어린 왕자와 사진도 찍고, 베르사유 궁전의 거울의 방도 둘러보았다. 공연장에서는 오르골 시연이 있었지만, 사람들로 붐벼, 우리는 인형극과 마임만 감상하고 나왔다.

숙소는 2층 단독주택이었다. 넓은 현관과 대형 신발장은 센스 있게 모조 조각상으로 장식돼 있었고, 거실에는 여덟 명이 앉을 수 있는 소파와 대형 TV, 따뜻한 카펫이 우리를 맞이했다. 주방 옆 벽난로엔 장작이 가지런히 쌓여 있었고, 열두 명이 둘러앉을 수 있는 식탁과 전자레인지, 전기밥솥, 커피포트까지 갖추어져 있었다.

창가엔 실물처럼 정교하게 만들어진 프랑스 중년 부부 인형이 다정히 서 있고, 진열장에는 세련된 프랑스식 그릇들이 넉넉히 준비되어 있다. 프랑스 사람들은 넓은 거실에서 일상생활을 보내고, 침실로는 오직 잠잘 때만 올라가는 듯했다. 거실 커튼을 열자, 집들 사이로 청평호의 풍경이 은빛 수채화처럼 펼쳐졌다. 그저 바라보는 것만으로도 번뇌가 사라지고 힐링 되는 느낌이다. 2층으로 올라가니 방 세 개와 욕실 두 개가 있어 짐을 풀고, 물 맑은 청평호로 향했다.

저녁은 메기매운탕, 아들딸 사위와 함께 둘러앉아 배가 빵빵해질 만큼 먹었다. 혼자일 땐 느끼지 못했던 밥맛이, 가족의 웃음소리와 함께 하니 밥맛이 꿀처럼 달았다. 손주들도 "맛있다.!"며 엄지손가락을 치켜세운다. 오랜만에 만나서일까, 대화는 끊이지 않고, 화기애애한 분위기 속에서 이어지는 이야기들은 내 입에 미소를 띠었다.

밤이 깊어지자, 호수 위로 안개가 피어오르고, 물결은 바람 따라 부드럽게 흔들린다. 나는 눈을 감고 깊은 상념에 잠긴다. 코끝을 스치는 시원한 바람이 내 몸의 아픔도 함께 걷어가기를 바라며, 잔잔한 미소를 강물 위로 띄워 보낸다.

푸짐히 먹고 돌아오는 산길, 겹겹의 산자락을 굽이도는 길 위로 휘영청 밝은 보름달이 길잡이처럼 앞서가며 환히 웃는 듯했다. 둥근달을 바라보며 토끼를 찾아 한참을 올려다보다, 오랜만에 깊은 잠에 들었다.

다음날 숙소를 나와 이탈리아 마을로 향했다. 입구에는 키가 너무 커서 고개를 젖혀야 얼굴이 보이는 피노키오가 우리를 맞이한다. 골목을 들어서니 상점마다 가구와 소품들이 정성껏 진열되어 있었고, 사람들이 북적이는 상점에 들어서니 수십 개의 독특한 가면과 드레스가 사람들의 눈길을 사로잡는다. 관광객들은 가면을 쓰고 예쁜 드레스를 입은 채 사진을 찍느라 거리 전체가 활기로 가득해 마치 이탈리아에 온 듯한 착각이 든다.

큰 건물의 지하에는 레오나르도 다빈치 전시관이 있었다. 그는 해부학자이면서 화가이자, 발명가, 건축가로 호기심과 창의성이 빚어낸 천재의 업적이 전시되어 있다. 모나리자, 예수님과 성모님의 그림, 그리고 수많은 발명품이 정교하게 재현되어 있어 그의 위대한 업적을 되새겨보는 뜻깊은 기회가 되었다. 3, 4층에는 피노키오의 이야기를 중심으로 인형과 그림이 다양하게 전시되어 있어 아이들의 눈빛도 초롱초롱했다.

몇 달 만에 만난 우리 가족은 청평호를 내려다보며 잘 가꿔진 정원에 앉아 바비큐를 구워 먹으며 많은 대화를 나누었다. 가벼운 여행이었지만 힐링은 제대로 했다. 가족과 함께했기에 두 눈과 마음 가득 행복을 담아 돌아왔다.

▲ 북한강 쁘띠프랑스 마을

내 삶은 몇 고개인가?

건강검진을 받고 며칠 지나지 않아 병원에서 전화가 걸려 왔다. 유방 암일 가능성이 있으니 정밀 검사를 받아보라는 말이었다. 순간 가슴이 철렁 내려앉았다. 심장은 세차게 뛰기 시작했다. "설마, 내가 유방암이라니!" 병원에 가 촬영하고 외과를 찾았을 때, 의사는 사진을 들여다 보더니 초음파 검사실로 나를 안내했다. 정밀 초음파로 들여다보며 말했다. "6mm 크기의 종양이 보입니다. 크기가 갑자기 자란 것으로 보아 수술을 서둘러야 할 것 같습니다."

머릿속이 하얘졌다. 몸에서 피가 빠져나가는 듯한 기분이고, 눈앞이 캄캄해졌다. 아들과 딸이 떠 올랐다. '엄마가 암이라면, 내 아이들은 얼마나 놀라고 가슴 아파할까?' 황망한 마음으로 멍하니 앉아 있는데, 옆자리에 앉은 60대 여성 환자가 말을 걸어왔다.

"저는 10mm 암으로 항암치료를 네 번 받아야 해요. 세 번 끝내고 나니 머리카락이 빠져서 아예 삭발했어요." 그녀는 모자를 벗고 삭발한 머리를 보여주며 웃었다. "빨리 수술하면 항암치료 없이 방사선만

받을 수 있을 거예요." 그녀의 위로에 용기를 얻어, 나는 서둘러 수술 날짜를 잡았다.

열흘에 걸쳐 모든 검사를 마친 후, 수술은 잘 끝났다. 하루 만에 퇴원했지만 3주 뒤에는 더 정밀한 검사를 위해 2차 수술을 해야 했다. 암세포 전이를 확인하기 위해 림프샘 세 곳을 절개했고, 한여름의 땡볕 속에서 상처는 좀처럼 아물지 않았다. 방사선 치료도 한 달간 받아야 하는데, 상처가 빨리 아물지 않아 몸은 점점 지쳐갔다. 마음마저 축 처지며 울컥 눈물이 날 때가 많았다.

내 삶이 너무 지쳐서일까? 불과 1년 전 나는 끔찍한 급발진 사고를 겪었다. 차가 갑자기 튀어 나가면서 나는 전신을 크게 다쳤다. 골반이 부러지고 갈비뼈 11개가 손상되었으며, 간과 폐에도 심각한 문제가 생겼다. 중환자실에서 눈을 떴을 때, 내 몸은 고통의 집합체였다. 왼쪽 옆구리엔 구멍을 뚫어 폐에서 나오는 피고름을 빼기 위한 호수가 달려 있었고, 코로는 간에서 나온 피고름이 빠져나왔다. 온몸 곳곳에는 소변줄과 배액 주머니가 매달려 있었으며, 산소호흡기로 겨우 숨을 쉬고 있었다. 오른손도 산산조각이 나 손가락 하나 움직일 수 없을 정도로 붕대에 감겨 있었다.

그런 와중에도 나는 포기하지 않았다. '심장과 머리, 목을 지켜 주신 하느님께 감사드렸다.' 내 노력 90%와 하느님의 은총 10%로 반드시 일어서겠습니다. 나의 다짐이었다. 삶을 멈추지 않겠다는 다짐으로, 내 인생의 마지막 걸음마라 생각하며 재활치료에 임했다. 아침 6시부터 밤 9시까지, 걷고 또 걸었다. 눈물로 고통을 참고 견뎌낸 끝에, 나는 4개월 만에 다시 집으로 돌아올 수 있었다. 4층 집, 계단 66개를 오르며 한 계단마다 내 의지를 새겼다. 나를 기다리던 가족과 이웃들의 따뜻한 환영이 눈물겹도록 고마웠다.

까마득한 절벽을 힘겹게 기어오르느라 온몸의 에너지를 모두 소진했는데, 보충할 사이도 없이 다시 유방암이라는 고개가 기다리고 있을 줄은 몰랐다. 내 삶은 도대체 몇 고개를 더 넘어야 할까?

생각해 보면, 나는 이미 수많은 고개를 넘었다. 남편이 마흔여섯에 뇌출혈로 쓰러졌을 때도 그랬다. 생명은 건졌지만, 의사는 몸의 기능은 회복되지 않을 거라며 세 번이나 단언했다. 그러나 나는 하느님께 간절한 은총을 구하며, 절망 속에서도 희망을 놓지 않았다. 남편의 마비된 다리를 붙잡고 하루에도 몇 번씩 운동을 시켰다. 3개월 만에 기적처럼 병원 문을 걸어 나올 때 의사도 기뻐하며 우리를 배웅했다.

집으로 돌아와서는 말 못 하는 남편에게 발음을 하나하나 연습시켰다. "아, 이, 오, 어, 어머니, 아버지,"같은 간단한 단어를 내 입 모양을 따라 하도록 유도했다. 처음에는 전혀 소리가 나오지 않았지만, 수없이 반복한 끝에 마침내 단어가 튀어나왔다. 이어 숫자도 반복하여 100까지 셀 수 있게 되었다.

남편의 오그라든 손가락을 펴기 위해, 나는 젖은 수건을 8겹으로 접어 그의 손바닥 아래 받쳤다. 손가락을 억지로 펴고, 왼손으로 오른손 등을 눌러 방을 닦게 했다. 움직이지 않던 손은 수천 번의 반복 끝에 5cm 밀려갔다. 매번 "당신은 할 수 있어,"하며 거실 바닥을 닦게 하고, 희망도 함께 문질렀다. 조금씩 손가락, 손목, 어깨에 근육이 붙었다. 남편은 마침내 정상인으로 회복되었고, 다섯 해가 지난 뒤 다시 직장으로 돌아갔다.

정년 퇴임 날, 회사에서 받은 황금열쇠와 꽃다발을 내 손에 건네던 남편의 모습이 아직도 눈에 선한데, 그 남편은 예순여덟에 파킨슨병과 치매가 찾아왔다. 나는 여섯 해를 집에서 정성껏 간호했지만, 끝내 그는 수저를 내려놓고 하늘로 떠났다.

내 삶의 무게에 등이 휘어질 듯 버텨왔건만, 이제 방사선 치료를 홀로 다니려니, 외로움이 스며들며 서글퍼지는 것은 나이 탓일까? 외롭고 힘들어도 멀리 있는 아이들에게 짐이 되지 않으리라, 나는 또다시 용기를 냈다.

암 확진을 받았을 땐 허망했지만, 암센터 대기실엔, 가족을 동반한 환자들로 가득했다. 나는 조기 발견한 덕에 다행이었다. 방사선 치료는 하루 4분씩, 한 달간 이어졌다. 큰 고통은 없었지만, 매일 병원에 다니는 일이 힘들었고, 치료 부위는 햇볕에 그을린 듯 서서히 검게 변했다. 마치 뜨거운 태양 아래 서 있는 듯, 은근히 열이 올랐다. 의사들은 목욕탕이나 더운물, 때수건 사용을 금하며 물로만 씻으라 당부했다. 조심스레, 한 달의 피곤한 치료가 끝났다.

방사선 치료 마지막 날, 원장은 앞으로 두 달간은 물 샤워만 하고, 한 달 후에 다시 병원을 방문하라고 당부했다. 정해진 날짜에 암센터를 다시 찾았다. CT 촬영을 마치고 원장과 마주 앉았을 때, 그는 환한 얼굴로 말했다.

"잘 관리하셨어요. 아주 잘하셨습니다."

그는 내게 칭찬을 건넨 뒤, 그날 나보다 먼저 진료를 받은 아주머니 이야기를 들려주었다. "앞서 오신 분은 유두까지 심하게 곪아서 상태가 좋지 않았어요, 하지 말라는 것들을 지키지 않아 피부에 염증이 생기고 말았죠," 그의 말을 들으며, 나는 스스로에게 되새겼다. 항상 경계심을 늦추지 말자, 내 몸을 지키는 건 나 자신뿐이니, 누구든 곡절 없는 인생이 어디 있으랴.

다행히 암도 제거되었고, 회복도 잘 되고 있다. 이제 다시 시들지 않으려면, 물부터 많이 마셔야겠다. 내 삶에 고개가 몇 개든, 그 고개의 주인은 바로 나다. 이제 이 삶은 내게 '덤'이다. 그래서 다시 소외된 분들을 위해 12년 동안 해오던 재능 기부를 재개하자, 나를 아는 사람들은 모두 함께 기뻐해 주었다.

배려가 눈물이 되다

　나에게는 늘 가슴 한쪽이 아린 친구가 있다. 그녀만 생각하면 눈시울이 붉어진다. 35년 전 현충일 날, 친구에게서 전화가 왔다.

　"혜정이 아빠가 죽었어."

　나는 꿈에서도 상상 못 할 말이라, "무슨 소리야? 별 이상한 소리를 다 하네!" 하고 말했더니, 친구는 "정말이야, 혜정 아빠 친구가 집 짓는 현장을 봐 달라고 해서 아침에 나갔다가 벽돌이 무너져 머리를 맞고 죽었대."라고 했다.

　마른하늘에 날벼락이었다. 친구는 홍천에서 국수 공장을 하며 고생을 많이 했다. 아들딸 공부를 위해 모든 것을 정리하고 춘천으로 이사 와 다복하게 살고 있었는데 참담한 일이 벌어진 것이다. 남편과 서둘러 친구 집에 도착하니, 꿈이 아닌 현실이었다. 어린 딸은 청천벽력 같은 일로 아빠를 잃었으니 나를 잡고 통곡했고, 친구는 넋을 잃은 채 앉아 있었다. 한없이 울고만 있을 수는 없었다.

　장례를 치러야 하기에 성당에 연락해 준비를 부탁했다. 시댁 가족이 없었기에 내 남편을 서둘러 묘지로 보냈다. 묘지를 돌보는 분과 지형을 살펴보고, 시부모 산소처럼 좋은 장소를 찾아 발품 팔아 알아 오라고 했다.

돌아온 남편은 양지바른 곳에 마음이 가는 묏자리가 있어 매장을 준비하라고 계약하고 왔다며 우리를 안심시켰다. 장삿날 성당에서 장례미사를 마치고 산으로 향했다. 산을 오르니 매장 준비가 되어있어 바로 장례를 마무리할 수 있었다. 산소를 만든 후 사방을 둘러보니 앞이 확 트이고 풍광이 아름다웠다. 친구와 아들딸도 만족해했다. 법 없이도 사는 사람이었던 친구 남편은 좋은 곳에 묻혔다며 위로하고 돌아왔다.

삼우제를 지나 몇 번 더 방문했다. 우리 부부를 맺어 준 친구, 마음속 서랍은 물론 창자 속까지 훤히 아는 친구다. 남편을 잃고 아파하는데 함께 할 수 없어 가슴이 찢어질 듯 아팠다.

당시 내 현실도 만만찮게 복잡했다. 뇌출혈로 치료 중이던 내 남편은 90%가량 회복됐지만, 직장에는 나갈 수 없었다. 내 반대를 뿌리치고 퇴직금과 산재 보상금을 서울의 지인을 통해 버스 사업에 투자한 것이 2년 만에 실패했다. 아이들 학비와 생활비를 내가 감당해야 했다.

바쁜 일상에서 친구를 찾아갈 여유조차 없이 뛰어다녔다. 그렇게 시간이 흘러 친구 남편의 첫 제사가 돌아왔다. 친구의 어린 아들은 공군 사관생도였다. 아직 어려 제사 지내는 법을 모를 것 같아. 나는 닭과 정종을 사서 제사상을 도와주고 오라고 남편을 보냈다. 친구와 나는 친자매같이 지내왔기에 아이들뿐 아니라 친정어머니 동생들까지 가족같이 지냈다. 바쁜 나보다 남편이 더 도움이 될 거라 생각했던 것이다.

하지만 어느 날 친구들과 점심을 먹다 동생처럼 여긴 지인이 말했다.

"형부는 왜 혜정이와 언니를 울리고 다녀요?" 나는 무슨 말인가 싶어 귀를 쫑긋 세웠다. 내용인즉, 남편이 제사를 도운 후 집을 나서는데, 배웅하던 모녀가 돌아가신 이를 떠올리며 울었다는 것이다.

순간, 나는 뒤통수를 한 대 얻어맞은 듯했다. 친구 남편과 내 남편은 얼굴색은 다르지만, 언뜻 보면 이미지가 비슷하다. 그러니 돌아가신 분이 많이 생각났을 것이다. 나는 친구를 배려하려던 마음이 오히려 눈물을 흘리게 했다니, 내 생각과 친구 입장이 다름을 미처 헤아리지 못한 내가 한없이 미웠다.

세월이 흘러 내 남편도 수저를 놓고 먼 길을 떠났다. 상실의 아픔은 뼛속 깊이 스며들고 창자까지 녹아내리는 슬픔을 몸으로 깊이 체험했다. 그제야 내 벗의 마음을 온전히 이해할 수 있었다. '과부 마음은 과부가 안다'는 옛말처럼, 그 처지를 겪어 봐야 비로소 알 수 있는 감정이 생긴다.

지인들에게 "밥 같이 먹어 줄 사람이 있을 때 잘하라."고 말하면 그 뜻을 잘 이해하지 못하곤 엉뚱한 소리를 하곤 한다. 나 또한 내 앞에 닥친 현실을 해결하느라 친구의 아픔을 다 보듬지 못했었다.

지금 우리는 자주 만나 식사를 하며, 지난날 풀지 못한 이야기들을 나눈다. 젊었을 때는 아이들 학교와 결혼 이야기를 했다면, 이제는 하느님께서 언제 데려가실지에 대한 이야기로 웃으며 시간을 보낸다.

옛날 같았으면 땅속에 있을 몸이지만, 세월이 좋아져 이렇게 잘 살고 있다. 누가 떠났다는 소식이 끊이지 않는 세상 속에서 우리는 내일이든 모래든 떠날 준비를 하며, 즐겁게 나눠 먹고 놀러 다니다가 하느님의 부르심에 따라가자며 담소를 나누다 헤어진다.

　친구야! 긴 시간 친구로 있어 줘서 고마워, 남아있는 날들도 늘 변치 말고 함께하자. 사랑해!

죽림골의 향기

    화창한 날씨가 아름다워 오랜만에 걸어서 성당에 갔다. 죽림동 성당 후문으로 올라가는 길옆, 기념비 같은 석상이 눈에 들어왔다. 가까이 다가가 들여다보니, 눈이 아름답고 코가 오뚝한 수녀가 웃으며 청진기로 어린아이를 진찰하고 있는 모습이다. 귀여운 사내아이도 웃으며 마주 보고 있는, 사랑 가득한 석상이었다. 이곳은 성 골롬반 수녀원이 있던 자리다.

    6.25 전쟁 직후, 전쟁은 끝났지만, 빈곤과 질병으로 고통받는 한국 땅, 특히 의료 시설이 열악했던 춘천에 1955년 아일랜드에서 두 명의 수녀 의료진이 파견되었다. '세상에서 가장 소외되고 어려운 이웃을 위해 봉사한다' 라는 선교 사명을 품고, 수녀들은 1956년 성 골롬반 의원을 개원하며 그 사명을 실천으로 옮기기 시작했다. 그들은 언제나 환자들에게 미소로 다가갔고, 고통받는 이들에게 한 줄기 빛이 되었던 곳이다.

    1969년 나는 죽림동 성당에서 혼인성사를 받고 성당 앞 골목 안 약사동 한옥에 신혼살림을 꾸렸다. 그런데 하필 그해 겨울, 나는 지독한 감기에 걸리고 말았다. 그때 사람들이 말하기를 "골롬반의원 약은 외국에서 들어와서 약발이 잘 받아." 그 말을 믿고 나도 그곳을 다니게 되었다.

진료를 받으려면 사람들이 너무 많아 새벽 통행금지가 해제되자마자 집을 나서 병원 앞에 줄을 서야 했다. 순번표를 받지 못하면 오후 늦게나 의사를 만날 수 있었기 때문이다. 병원 마당엔 늘 사계절 내내 400~500명의 환자로 북적거렸다.

거기엔 사랑이 있었다. 수녀님들은 복도에 지쳐 누워 있는 극빈층 환자들에게 조용히 다가가 따뜻한 손길로 진료하고, 약을 챙겨주셨다. 분유와 밀가루, 구제품, 옷도 정성껏 나눠 주셨다. 어린아이들 손엔 작은 병에 담긴 죽 같은 영양제와 우유, 간식과 필요한 생필품까지 들려주셨다. 시어머니도 엄마 잃은 손주를 키우기 위해 수녀들의 도움을 받았고, 조카는 그 사랑 속에서 건강하게 잘 자랄 수 있었다.

병들고 가난했던 사람들이 그곳에서 치유받고, 다시 삶의 희망을 찾았다. 감사의 마음으로 죽림동 성당 문턱을 넘은 이들도 많았다. 골롬반의원 천사들은 몸이 불편한 어르신들과, 병원이 없는 두메산골 오지를 마다하지 않았다. 무의촌 어디든 달려가 의술을 펼쳤다.

1984년에 성심병원이 개원하고 그 후 개인 병원이 속속 생기며 의료 혜택이 일반화되자, 수녀들의 봉사도 새로운 형태로 변화했다. 국내에선 생소하던 '방문 호스피스'를 도입해 임종을 앞둔 이들에게 마지막까지 함께하며 영혼의 평화를 안겨주었다. 2004년엔 성 골롬반 요양원으로 개원하여 암 환자들의 임종을 도와주며 육체의 치료를 넘어 영혼의 위로까지 전해주었다.

그러나 2011년 약사리 고개 도로 확장 공사로 인해 골롬반 수녀원은 역사 속으로 사라졌다. 56년 동안 51명의 골롬반 수녀들은 하느님 사랑의 향기를 헌신적으로 전하며 고통받는 이들 곁에 항상 가까이 있었다.

그 마지막 사명을 다한 후에도, 길에서 마주치면 언제나 밝은 미소로 인사를 건네던 노라 와이즈먼 수녀는 아일랜드로 돌아가셨고, 마가렛 모란 수녀는 하느님 품으로 돌아가 육신은 부활 성당 봉안당에 안장되었다. 반세기 동안 하느님 사랑의 향기를 전하던 골롬반 수녀들은 역사 속으로 사라지고, 그 자리에 세워진 석상이 나를 감회에 젖게 했다.

약사리 고개의 확장된 도로를 바라보니 옛 생각에 코끝이 찡했다. 큰길 양옆엔 한때 활기 넘쳤던 가게들이 있었다. 쌀가게, 떡 방앗간, 막국수집, 한복집, 연탄 가게, 이불가게, 사진관, 약방, 화장품 가게까지, 오랜 세월 서민들이 즐겨 찾던 수많은 사연을 간직한 가게들이 흔적도 없이 사라졌다. 오랜 세월 함께한 그분들이 이곳에서 삶을 접을 때 심경은 한마디로 형용하기 힘들었으리라, 지금은 몇 사람이나 살아 계실까? 모두 어디서 어떤 모습으로 살고 계실까? 부디 평안하고 행복하시기를.

성당 안으로 들어가 주보를 펼치니, 오늘은 5월의 마지막 주일, 26일이다. 불현듯 떠오른다. 55년 전 오늘, 하얀 드레스를 입고 방 실베스테르 신부님께 혼배성사 받았던 날이다. 세 아이를 낳고 기르며 살았던 세월이 엊그제 같은데, 어느새 세월은 화살처럼 흘렀다. 허무하다

해야 할까, 감사하다 해야 할까? 새삼스레 마음이 묘해지며 문득 스스로에게 묻는다.

'나는 이 죽림 골에서 하느님 향기를 과연 얼마나 나누었는가?' 젊은 날엔 레지오 활동을 15년 했고, 딸의 자모회, 구역 반장 몇 년으로 대녀 두 명을 두었을 뿐이다. 남편이 뇌출혈로 쓰러지고, 사업이 폭 망해 생활고로 봉사를 접어야 했다.

나이 들어 새벽 미사 노인 복사를 1년 했지만, 다리가 통증으로 무릎이 굽혀지지 않아 쉬었다. 독서를 시작하려던 찰나에 급발진 사고로 몸을 다쳤다. 그렇게 나는 어느덧 56년째 성당 문턱만 오르내리며 주일만 지키는 '발바닥 신자'로 남아있다.

그 사이, 성당은 많이 변했다. 55년 동안 네 분의 주교님과 아홉 분의 신부님이 부임해 오시면서 많은 공사가 이뤄졌다. 교육관과 수녀원, 말딩 회관과 사제관이 세워졌다. 정문엔 팔 벌려 만인을 환영하는 예수 성심상이 세워졌고, 넓은 정원 오른편엔 부활하신 예수님이 오른손을 높이 들고 있다.

야외 중정에는 예수님이 십자가를 지고 가시는 14처가 조각되어 있다. 계단 입구에는 '행복한 성가정 상'이 자리를 지키고 있다. 성당 왼편에는 교우들이 모여 정을 나누는 작은 카페도 있다. 뒤뜰엔 순교자와 성직자들의 묘역이 깔끔하게 정비되어 아름다운 문화재 성지가 되었다.

다만 아쉬움도 있다. 내가 혼배성사를 올리던 55년 전부터 성당 안에는 고귀한 예수성심 상과 아름다운 성모상이 있었다. 그런데 1998년 성당 수리할 때 그 성상들이 철거되고 그림으로 대체되었다. 무슨 이

유인지 모르겠다.

오랜 세월 그 모습에 익숙했던 신자들에겐 아직도 그 자리를 바라볼 때마다 가슴 한편이 저려온다. 전국 성당을 다녀봐도 그토록 아름다운 성상을 다시 만나지 못했다. 문화유산으로 남겨두었다면, 순례객 들에게 이 성당이 고귀한 예수 성심상과 아름다운 성모상으로 죽림동 성당이 더 오래 기억될 텐데…….

죽림동 주교자 성당은 1900년경, 거두리 곰 실에서 세례를 받은 엄주언 마르티노가 풍수원과 명동을 오가며 상주 사제를 요청하며 시작되었다. 1920년 9월 18일, 사제가 파견되었고. 2020년 9월 18일에는 죽림동 예수성심 주교좌 본당 100년 사사(史辭)가 발간되었다.

죽림골은 하느님의 향기로 가득한 순교 성지다. 앞으로도 이 거룩한 향기를 따라 많은 순례단이 찾아오기를 바라며, 그 안에서 삶의 위로와 희망을 새롭게 발견들 하시기를 조용히 기도드린다.

엄마, 사랑해

"엄마, 사랑해~❤❤ 엄마 딸로 태어나서 정말 감사해요~❤❤

우리 애들도 그러네요, 내가 엄마라서 너무 좋대요~. 그럴 때마다 나는 외할머니한테 감사해하라고 말해요. 할머니가 엄마를 잘 키워주신 덕분에 너희가 그 복을 받는 거야~ 하고요, 흐흐^^"

딸아이가 보낸 짧은 메시지를 몇 번이고 다시 읽었다. 가슴 깊은 곳이 아릿해지며, 눈시울이 저절로 붉어진다. 무심히 지나간 듯한 세월, 그러나 그 하루하루는 얼마나 치열하고 간절한 삶이었던가!

1977년 3월 7일 서울에서 춘천으로 향하던 길목, 마석 고개에서 차가 멈췄다. 평소 차를 무엇보다 아끼던 남편은 친구에게 부탁해 고장 난 차를 마석까지 끌어다 주라고 했다. 그러고는 자신의 버스에서 친구 차에 체인을 걸기 위해 일어섰다.

그때였다. 앞에 있던 버스가 뒤를 살피지도 않고 갑자기 후진했다. 두 대의 버스 사이, 그 좁고 차가운 틈에 남편의 몸이 끼어버렸다. 골반이 네 군데가 부러졌다. 인성병원으로 이송된 남편의 하체는 먹물을 들인 천처럼 새까맸다. 사고 차량의 두 범퍼는 사람이 거기에 서 있었음을 말하듯 깊게 파여 있었단다. 현장을 본 사람들 모두 "살 수 없을 것이다"라며 고개를 저었단다.

그러나 기적처럼, 하느님의 자비로 남편은 죽음을 면했다. 엑스레이 사진을 들여다보니 골반 네 곳이 골절된 상태였지만, 다른 곳은 다치지 않았다. 그것이 오히려 감사한 일이었다. 그 시절 춘천 인성병원에는 정형외과 의사가 없었다. 서울에서 내려오는 의사는 일주일에 단하루, 머물다 다시 올라가곤 했다. 누구와도 깊이 있는 치료 계획을 논의할 수 없었다. 나는 오직 기도에 매달렸다.

"청하여라, 너희에게 주실 것이다. 찾아라, 얻을 것이다. 문을 두드려라, 열릴 것이다." (마태오복음 7장 7~8절) 이 말씀을 믿고 성모님께 눈물로 은총을 청했다. 정성을 다해 간병하고, 마음을 다해 기도하며 하루하루를 보냈다.

다시 걷기까지 석 달쯤 지났을 무렵, 나는 주치의에게 다시 한번 엑스레이 촬영을 부탁했다. 놀랍게도 부러졌던 골반 뼈들은 어긋남 없이 말끔히 붙어 있었다. 의사조차 다친 부위를 찾지 못해 고개를 갸웃거렸다. 내가 먼저 사진을 가리키며 권하자, 그제야 비로소 알아차렸다. 먹물처럼 시커멓던 하체는 어느덧 살빛을 되찾고 있었고, 남편은 결국 걸을 수 있게 되어 며칠 후 퇴원할 수 있었다.

그 고통을 견디며 맞이한 회복의 순간은, 신앙으로 다져진 내 삶에 또렷이 각인된 은총의 흔적이었다.

그러나 퇴원했다고 해서 모든 것이 제자리로 돌아온 것은 아니었다.

당분간 하체 운동과 재활치료가 필요했기에 직장은 나갈 수 없었다. 남편 대신 생계의 바통은 나에게 넘어왔다. 돌연 낯선 풍경 속에 내 삶이 들어섰다.

나는 작은 식당을 열어 가족의 생계를 짊어졌다. 해가 뜨기도 전인 새벽 여섯 시, 무거운 몸을 일으켜 장을 보고, 하루 종일 주방을 달군 뒤, 밤 열한 시가 넘어서야 겨우 집에 돌아오는 날들이 이어졌다.

반년쯤 지나 남편은 회사에 복귀할 수 있었고, 큰아들은 초등학교로, 둘째는 유치원으로 나갔다. 그러나 세 살배기 막내딸은 혼자 집에 있어야 했다. 사랑채에 사는 아이들 엄마에게 딸을 맡기고 일을 나갔지만, 오후 세 시쯤 딸이 궁금해 집으로 가보면, 남매에게 따돌림이라도 당했는지 딸아이는 구석에 쪼그려 앉아 울다 얼룩 고양이처럼 얼굴을 구긴 채 잠들어 있었다.

넓은 방이 있음에도 왜 아이들은 부모 없는 아이를 알아보고 그렇게 구분 짓는 것인지, 내 딸마저 그렇게 행동하는 걸 볼 때마다 가슴이 미어졌다. 결국 세 살배기 딸을 집에 혼자 둘 수 없어 친척 집을 전전하며 맡겨야 했던 그 가슴 아팠던 지난날들이, 지금도 내 기억 속에서 용수철처럼 튀어 오른다. 그래서일까, 그 시절을 생각하면 너는 엄마의 '아픈 손가락'이란다.

그런 막내딸이 이제는 잘 자라 영어 회화 강사로 삼성과 LG 등에서 엘리트들을 교육하다 이젠 결혼해 남매를 낳아 잘 교육시키고 있다. 사위는 인천국제공항 제1터미널과 여수 엑스포. 청주 공원, 수원 신도시, 남양주 신도시 등 전국을 무대로 뛰는 든든한 일꾼이 되었고, 그런 사위를 내조하는 딸이 나는 늘 자랑스럽다. 고맙다, 내 딸. 엄마는 너의 엄마여서 참 행복하단다.

섬망

수영하고 나와 옷을 갈아입고 목욕 바구니를 사물함에 넣으러 가려
니 열쇠가 없다. 분명 왼손에 쥐고 있었는데 빈손이다. 무심코 바구니
에 넣었나 찾아보아도 없다. 이상하다. 어디로 갔지? 옆에 아우가 '언
니 사물함에 꽂아놓고 안 빼 온 것 아니야?' 한다. 난 강하게 손을 저
었다.

"아니야, 분명히 손에 들고 있었어."

다시 가방들을 홀딱 뒤집어엎었다. 아무리 찾아도 없다. 귀신이 곡
할 노릇이다. '이렇게 정신이 없을 수 있나!' 하며 내 바구니를 놔두고
올 수 없어 아우한테 맡기기로 했다.

"언니! 열쇠를 여기 꽂아놓고 손에 쥐고 있었다고 그래?"

앞서 자신의 사물함으로 가던 아우가 소리쳤다. 세상에나! 내 사물
함에 꽂힌 열쇠를 보니 기가 막혀 헛웃음이 나와 큰소리로 깔깔대며
웃었다. 확인도 안 해보고 손에 쥐고 있었다고 우기던 내 꼴이 한심해
서다. 이러다 치매가 오면 어쩌지! 약을 많이 먹어서인가?

지난해 병원 생활이 떠오른다. 급발진 사고로 골반이 부러지고 갈비뼈 11대가 부러지면서 간과 폐가 찢어지고 오른손도 부서졌다. 중환자실 생과 사의 갈림길에 있는 환자들의 고통 소리와 아우성은 나를 포함해 지옥을 방불케 했다. 때론 유체 이탈한 것처럼 천장에서 예쁜 레이스가 수없이 쏟아져 내려오는 환각에 빠져 나는 그것을 잡으려고 많이도 허우적거렸다.

그 고통 속에서 뜬눈으로 죽음의 위기를 면한 내가 준 중환자실로 옮겨지던 날은 진통제 맞고 잠 좀 푹 잘 수 있겠다. 했는데 기대가 빗나갔다. 콧줄을 낀 세 분 할머니의 가래 끓는 소리는 병실을 가득 채우고, 오른쪽 침대에 치매 걸린 노인은 딸 이름만 목청 높여 부른다. 그리고 내 왼쪽 침대에서는 밤새 화투를 친다.

간병인 : 칠.

할머니 : 먹었어, 빨리해.

간병인 : 흑싸리.

할머니 : 먹었어. 빨리빨리 좀 해.

간병인 : 싫어, 안 칠래. 화투가 없어 재미없어 안쳐.

할머니 : 안 하려면 그만둬, 이 xx맥주나 가져와 먹게.

간병인 : 맥주가 어디 있어요. 여긴 병원이라 없어.

할머니 : 오빠 맥주 얼른 마시고 나도 따라줘야지. 빨리 따라줘, 응, 아 시원하다. 오빠 담배도 하나 줘 봐.

모든 말이 생경하다. 남자가 없는 여자 병실인데 뭔 소리야? 나를 돌보는 간병인이 커튼 사이로 옆 침대를 살짝 들여다보더니 박장대소를 한다. 양손은 침대 난간에 묶여 있는 할머니가 누워서 천장을 올려다보며 허공에 대고 화투를 치고 있단다. 간병인한테 '빨리 놔!' 하면 초, 비, 똥 하며 장단을 맞춘다. 노인은 잠시도 입을 다물지 않고 떠들며 화투를 친다. '할머니 잠 좀 자게 조용히 하셔요.' 내가 정중히 부탁해도 누가 짖느냐고. 들은 척도 안 하니 어쩌겠나,

  잠 한잠 못 자고 밤을 새운 앞 간병인이 '할머니는 세상에 이런 일에 나올 일이야. 신청 한번 해봐요. TV에서 PD하고 같이 화투 놀이하면 재미있겠다. 손은 침대에 묶여 공중을 올려다보며 뭘 먹을까? 무얼 먹어? 하면, 사람들이 배꼽을 잡고 웃겠다.' 하며 대역을 해서 뜬눈으로 새운 우리는 한바탕 웃음으로 스트레스를 풀었다.

  간병인 : 아침 먹으면 화투 칠 게 안 먹으면 안쳐.
  할머니 : 싫어 안 먹어, 너나 많이 먹어.
  간병인 : 배고플까 봐 그러지요.
  할머니 : 언제 날 생각했어, 빨리 치기나 해.
  간병인 : 안 칠래, 화투 없어 재미없어. 안쳐.
  할머니 : 또 투정 나온다. 빨리해~. 안 하려면 화투 내놔.
  간병인 : 밥 안 먹으니 기운 없어 땀나는 것 좀 봐, 아침에 목욕했는데.
  할머니 : 간병인을 힐끔 보며 나를 씻겼다고, 언제 씻겨 줬어, 언제.
  간병인 : 아침 6시에 목욕했잖아요.
  할머니 : 안 했어, 생각 안 나, 하나도 안 나.

간병인은 며느리와 친한 사이라 할머니를 돌보게 되었는데, 평상시 할머니는 화투 놀이와 담배 술 마시는 일이 일상이었단다. 4주를 돌보는 동안 너무 힘들었다며 속에 쌓인 말을 풀어낸다.

하루는 목욕 씻기고, 다음날 뒷물을 해주면 할머니는 왜 남의 맥주 뺏어다 거기다 붓느냐고 소동을 피우고, 담배는 어디 감췄냐며 소리소리 질러 애간장을 태웠단다. 밥도 잘 안 먹고, 잠도 안 자고, 화투만 치자고 해서 마음고생 많았다며 오늘 요양원으로 가는 날이라 속이 시원하다고 말했다.

할머니는 치매가 온 데다 알코올 중독, 심혈관, 뇌 질환 등으로 인식 저하, 환각, 환시, 소리 지름, 수면장애까지 겹쳐 섬망이 온 것 같다. 할머니를 보니 그동안 삶의 흔적이 섬망으로 나타나는 것 같아 가슴이 아프다.

목욕 바구니 일을 겪고 보니 나도 걱정이다. 그렇잖아도 나이 들어가면서 깜박깜박 잊을 때가 많아졌다. 모든 병은 먹는 음식과 좋은 생활 습관의 결과라는데, 내 삶은 어떤 흔적으로 남게 될까? 건강하고 건전한 생활 습관으로 제발 바라는데 앞으로 치매나 섬망까지만은 아니었으면 싶다.

24년의 추억

지난밤에 냉동실 문을 여니 음식들이 약간 녹은 듯 보였다. 문이 제대로 안 닫혀 그런 줄 알고 꼭 닫고 잠자리에 들었다. 아침에 일어나니 냉동실 음식이 모두 녹아 있다. 고장이 났으리라고는 상상도 못 하고 가스가 떨어졌나 하며 서비스센터에다 보충해 달라고 전화하였다. 오후 다섯 시에 기사가 왔다. 가스가 아니고 냉장고 안에 있는 엔진이 망가졌다는 것이다. 교체하라니 오래되어 부품을 구할 수가 없어 수리를 못 한다고 했다.

24년 전 집을 지어 입주할 때 성남에 사는 남편 친구를 통해 들여온 냉장고다. 냉동실에 음식이 많이 들어가 양문형보다 이 냉장고를 나는 더 좋아했다. 청소를 깨끗이 해놓았더니 새것 같은데 버려야 한다니 마음이 표현하기에 어렵게 허전하다.

4년 전, 작은아들이 마음에 드는 신형 냉장고를 보낸다고 했다. 며칠 후 배달이 왔는데 4층이라 냉장고 문을 분리해 올려야 된다며 올라가다 망가지면 책임을 안 지겠다고 했다. 두 사람이 도와주겠다고 해도 그들은 고집을 꺾지 않았다. 나도 기분이 좋지 않아 돌려보냈다. 지금 쓰던 냉장고가 정이 들어서 더 그랬는지 모르겠다.

이십사 년을 좋은 일 슬픈 일 나와 같이한 냉장고는 내 손끝에 정성을 담아 우리 가족에게 기쁨을 줄 때 함께한 냉장고다. 남편이 뇌출혈로 쓰러졌다가 소생한 후부터 큰댁을 가서 여러 날 있다가 집에 돌아오면 늘 먹을 것이 없었다. 그래서 가기 전에 송편을 조금 빚어 놓기로 했다.

송편은 한 송이 포도와 꽃을 연상하게 하는 내 나름의 작품을 만들기로 했다. 우선, 포도 잎을 만들기 위해 쑥을 삶거나 부추를 믹서에 갈아 푸른 물로 쌀가루 반죽을 해놓고, 포도송이는 냉장고에 보관했던 포도 껍질을 삶아 보라색 물을 내어 쌀가루와 반죽을 한다. 푸른 쌀 반죽을 조심스레 떼어 손끝으로 살짝살짝 눌러 작은 포도잎을 만든다. 젓가락으로 섬세하게 줄기를 만들어 놓고, 건포도 1개씩 보라색 반죽으로 동그랗게 싸 6개 놓으니 예쁜 포도 한 송이가 되었다.

포도로 물 드린 떡가루를 떼어 도라지꽃을 만들고, 치자 우려낸 노랑물 반죽으로 장미꽃을 빚었다. 말린 장미꽃 차를 우려 분홍색 장미로 피우고 꽃 술은 노랑 치자로 채웠다. 당근은 강판에 갈아 주황색 꽃도 만든다. 가족이 깨 떡을 좋아해서 깨와 건포도 잣을 이용한 자연으로 빚은 떡을 냉동실에 가득 넣어놓고 갔다.

명절에 며칠 있다가 집으로 돌아와 먹을 것이 없을 때 서둘러 떡을 금방 쪄 접시에 담아 놓는다. 김이 모락모락 나는 오색 송편을 참기름을 발라 놓으면 반짝반짝 윤이나 먹음직스럽게 보였다. 눈으로만 보아도 아름다운 오색 떡은 입에 군침이 돈다. 식탁에 모여 꽃 송편을 나눠 먹으며 딸과 남편이 포도송이와 꽃잎을 도와준 이야기를 나누던, 우리 가족은 행복했었다.

우리 떡을 먹어본 사람들은 세상에 없는 떡이니 이바지떡집을 해보라고 권했다. 나는 정성이 많이 들어가는 떡이라 사랑하는 사람들만 나누어 먹는 것이라며 말했다. 아이들이 결혼하면 사돈댁에 장미와 도라지꽃, 푸른 잎에 포도송이를 탐스럽게 올려 정성으로 빚은 오색 떡을 이바지로 보냈다. 사돈들은 오색 떡이 아름다워 입으로 먹기 너무 아깝다는 찬사를 보내주며 그래도 잘 먹겠다는 인사에 기분이 좋았다.

슬픈 일은 남편이 파킨슨 증후군이 왔을 때다. 첫발을 떼지 못해 넘어지며 치매를 동반한 병이다. 움직이지를 못해 소 대변을 받아 내야 했다. 몸은 하나인데 사업과 남편 간병을 하느라 바빠 시장을 자주 가지 못했다. 십여 일에 한 번 마트에 가서 골고루 재료를 사다 냉장고를 가득 채우곤 했다.

병원 갈 응급상황이 자주 발생하니 환자 침대를 1층에다 두고, 내가 4층 내실에서 음식을 만들어 내려다 먹었다. 남편은 옆에 내가 없으면 "똥 싸~ 써." 하며 온 집안이 떠나도록 고함을 지른다. 옆집에 피해가 될까? 반찬을 만들다 허둥대고 60계단을 내려가면 거짓일 때가 있다.

미안하면 히죽히죽 웃는 남편 모습을 바라보다 어이가 없어 다시 계단을 올라오면 맥이 빠진다. 환자가 심심해서 그러는 건 이해가 되지만 생뚱맞은 행동을 할 때는 너무 괴로웠다. 힘들고 슬퍼지면 내 아이들에게도 말 못 하는 심정을 나는 신들린 사람처럼 냉장고에 신음하듯 속마음을 토해내곤 했다. 그렇게라도 쏟아내고 나면 답답함이 가라앉아 나는 담금질로 버텨 낼 수 있었다.

24년이 되니 냉장고도 가끔 힘들다고 덜덜거릴 때가 있다. 살며시 어루만지며 내가 아주 좋아하는 거 알지? 아프지 말고, 나랑 같이 오래오래 살자, 하면 말을 알아듣는 것처럼 조용해지곤 했다. 내 다리 시술로 너무 아파 관심을 주지 못해 그런지, 저도 아프다고 며칠째 덜커덩덜커덩 큰 소리로 외치는 것을 못 들은 척했다. 죽을힘을 다해 소리치다 심장인 엔진이 터져 간 것 같아 내가 죄인이 된 마음이다. 나는 마치 친구를 잃은 것 같이 애잔해서, 냉장고를 사러 나가야 하는데 안절부절 손에 일이 잡히지 않았다. 그래서 작은며느리에게 알아보라고 전화하였다.

작은 아들과 며느리가 최근에 생산된 양문형 제품을 보내왔다. 냉장고를 기계 차로 베란다를 통해 들여놓고, 이전 냉장고를 이별할 사이도 없이 순식간에 실어갔다. 오래된 친구를 작별도 못 하고 보내니 마음 한편이 허전하고 먹먹했다. 계단을 통해 갔으면 내려가는 동안 마음이 찡했을 텐데, 차로 곧장 나가니 그나마 다행이었다. 말 못 하는 물건도 이십사 년을 정이 들어 버리려니 가슴 아팠다.

떠난 자리에 새 양문형 냉장고가 놓였다. 30센티는 더 커서 그런대로 괜찮다. 냉동실은 칸칸이 서랍이라 전에 한 칸만큼 많이 쌓아 넣을 수가 없어 아쉽다. 며칠이 지났어도 아직 낯설고, 무엇을 어디에 두었는지 찾다가 시간이 다 간다. 세월이 가면 사람도 물건도 모두 망가져 떠나야 하는 진리를 새삼 깨닫는다. 내 곁을 떠난 냉장고는 빨리 잊어버리자며 내 마음을 위로했다. 새 냉장고도 한 달 두 달 지나다 보면 내 손끝에 정이 들어 다른 이야기를 만들어갈 것이다.

내 경험을 알려 주다

의암호로 산책을 나섰다.

바람 한 점 없는 호수는 잔잔하다 못해 너무 맑아 어항 속을 보는 것 같다. 푸른 나무들이 물속에 누워있고 파란 하늘과 흰 구름도 그 속에 들어가 있다. 구름다리 위에 화려한 잉어 조형물이 반사되어 금방이라도 물속에서 헤엄쳐 나올 것 같다.

MBC 옆 나무 덱으로 만든 비탈길을 올라가는데 도토리 한 알이 툭, 소리를 내며 발 앞에 떨어진다. 때아닌 도토리가 왜 떨어졌을까? 바람도 없는데, 하며 올려다보니 높이 솟은 상수리나무가 서 있었다. 바람이 나서 탈출했나 싶어 엎드려 집으려는데, 나 잡아 보라는 듯 데굴데굴 멈출 줄 모르고 굴러가는 모습이 깜찍해 뒤따라갔다. 비탈길은 마음뿐이지 다리가 잘 움직여지지 않아 도토리를 끝내 잡지 못하고 발길을 돌린다.

호수 옆으로 파랗고 싱싱한 나팔꽃이 군락을 이루어 해맑게 웃고 있다. 앙증맞은 꽃들이 귀엽게 나팔을 불며 인사를 한다. 나도 불볕더

위에 아름답게 피어서 예쁘다고 속삭였다. 시원한 강바람이 불어오니 어린 꽃들도 물결처럼 출렁인다. 싱싱한 꽃들을 보니 신선한 공기가 모두 내 것인 양 행복하다.

의자에 앉아 잔잔한 호수를 바라본다. 푸른 물을 가르며 카누를 힘차게 노 저어 가는 젊은 선수들이 부럽다. 활기찬 모습이 멋져 박수를 보냈다. 넓게 퍼져나가는 물결을 보고 있는 그 순간이다.

내 앞을 남학생과 어머니가 지나간다. 걸어가는 모습과 수직이 안 되는 팔이 부자연스러워 지난날 남편의 모습과 같아 보였다.

"저기요?"

하고 그들을 불러 세웠다. 학생의 손을 잡으며 어떻게 된 일이냐고 물었다.

"뇌졸중으로 그래요."

그의 어머니가 대답했다. 내가 생각한 대로 맞았다. 어린 학생이 일찍 병이 와서 모자가 얼마나 힘들었을까? 가슴이 아파 무슨 말이라도 해주고 싶었다. 다리는 불편해 보여도 노력하면 완치에 가까울 수 있겠다. 그런데 손이 불구다.

"내 손을 잡아 봐요."

손가락은 반 정도 오그라져 있어도 팔목은 힘이 있었다.

나는 사십 대 중반에 뇌출혈로 쓰러진 남편의 손이 오그라져 있는 상태에서 퇴원했다. 남편 손을 고치기 위해 생각해 낸 것이 집에서 매일 따뜻한 물에 20분 담가 혈액 순환이 되게 했다. 그리고 수건을 물에 짜서 8겹으로 접었다. 아픈 손바닥 밑에 놓고, 그 손가락 다섯 개를 강제로 폈다. 성한 손은 아픈 손가락이 오그라들지 않게 손등을 눌러 수건과 같이 밀리게 했다.

　처음에는 안 되던 것을, 끈기를 가지고 수천 번 반복하니, 어느 날 손바닥이 5cm 정도 밀리기 시작했다. 힘들어하는 남편에게 "우린 할 수 있다." 계속 용기를 주며 남편이 거실을 닦게 했다. 드디어 손가락이 다 펴지고 손목과 팔 어깨까지 힘이 생기게 되었다. 나중에는 본인이 열심히 하여서 10개월쯤 지나니 완전히 쓰게 되었다.

　학생과 어머니께 내 경험을 자세히 설명해 주며 해보라고 했다.

　"제가 나을 수 있나요?" 학생이 물어보기에 "우리 아저씨는 더 심하게 오그라진 손을 노력해서 정상이 되었어요."라고 말하였더니 어두운 얼굴에 환한 미소가 피어난다. 많이 노력해서 다음 길에서 만나는 날 건강한 손을 보여 달라고 약속하고 헤어졌다.

　뇌졸중이나 뇌출혈은 삼 개월이 가장 중요하다. 삼 개월 안에 병의 90%가 치유된다. 그 학생은 일 년이 지난 뒤라 수적천석(水適穿石)이라고, 작은 물방울이 바위를 뚫듯이 수많은 노력을 반복해야 할 텐데, 끈기 있게 할 수 있을지 걱정이 되었다. 그 엄마를 생각하면 마음이 아프다. 파란 하늘을 바라보며 어린 학생의 꾸준한 인내와 노력으로 완쾌되기를 빈다.

쓰레기를 재활용하다

  올여름은 유난히 춘천에 비가 많이 내린다. 가을을 재촉하는 비가 여름 장마처럼 쏟아지거나 구름이 해를 가려 맑은 하늘을 좀처럼 보여주지 않는다. 해마다 하는 행사처럼 여름 이불을 빨아 널어야 하는데, 언제 해가 나려나 싶어 연실 일기예보에 촉각을 곤두세웠다.

  그러던 어느 날, 이른 아침 눈을 뜨니 창문을 통해 들어오는 햇빛이 찬란한 황금빛이다. 몸을 일으켜 옥상으로 올라가 보니, 더없이 청명한 에메랄드빛 하늘이 펼쳐져 있어 날아갈 듯 기분이 좋았다. 밀려 있던 이불 빨래를 하려니 마음이 바빠졌다. 부지런히 세탁기를 돌려 세 번째 이불을 널고, 네 번째 요를 꺼내러 갔는데 아직도 시간이 많이 남아있는 것이 이상했다. 무엇이 잘못되었나 싶어 세탁기 코스를 다시 확인하니, '삶음'이 되어있었다.

  가슴이 쿵 내려앉는다. 아뿔싸, 이를 어쩌나! 삶은 빨래를 자주 하다 보니 습관적으로 코스를 착각한 것일까? 눈도 침침한 데다가 바쁘게 서두르느라 실수한 모양이다. 캐시밀론 요를 삶음 코스에 맞춰 돌려버린 것이다. 세탁기를 열어 꺼내 보니 솜이 쪼그라져 말이 아니었다. 못난 내가 한심해서 한숨이 절로 나왔다.

행여 따가운 햇볕에 널어놓으면, 목화솜처럼 부풀어 포근하지는 않더라도 마르면서 조금이라도 펴지지 않을까? 어리석은 생각임을 알면서도 괜한 기대를 품어본다. 뜨거운 햇살에 실낱같은 희망을 얹어 빨랫줄에 요를 널었다, 붉은 해가 삼악산 중턱에 걸릴 무렵, 요를 걷었다.

떨리는 마음으로 지퍼를 열고 솜을 꺼냈다. 이리저리 당겨 솜을 펴보지만, 요지부동이다. 포근하고 따뜻했던 솜은 뜨거운 물속에서 삶아지며 압축되어 끝없는 산과 강처럼 굳어있었다. 쪼글쪼글 오그라든 모습은 마치 좋은 일, 슬픈 일 뒤섞인 우리네 인생살이 같았다. 셀 수 없이 많은 깊고 얕은 봉우리를 바라보며, 나는 넋을 놓고 한참을 들여다보았다.

버리자니 겉감이 아까웠다. 다시 써보자며 한 단씩 한 단씩 실밥을 뜯어 겉을 벗겼다. 아까워도 솜은 버릴 수밖에 없다고 생각하는데, 문득 요즘 환경오염이 심해 지구가 몸살을 앓고 있다는 말이 떠올랐다. 그 순간, 내 손이 눈에 들어왔다. 교통사고로 부서져 얼기설기 꿰매 겨우 움직이는 손. 아직도 아프고 감각도 둔하다.

오직 나를 위해 묵묵히 순응하던 손이, 왜 쓸데없이 힘들게 일을 만드냐며 내 눈을 피하는 듯했다. 미안하다. 네가 아픈 걸 나도 잘 안다. 하루에도 몇 번씩 아프다고 호소할 때면, 나는 늘 미안하다고 쓰다듬었지. 그런데도 가난이 몸에 배어 요를 놓지 못하겠다. 깨끗이 빨았는데 쓰레기통에 버리기엔 너무 아깝지 않니? 내가 이렇게 반문하며 손을 다독였다. 심심할 때마다 조금씩 펴서 베개라도 만들어보자. 서두르지 말고, 우리 기분 좋은 날 하나씩 만들어보자며 손등에 입을 맞췄다.

간곡한 설득 덕분인지 손이 더는 불평 없이 움직여 주었다. 겉감을 잘라 베개 길이를 만들어 놓고, 속싸개를 듬성듬성 꿰매 길이에 맞췄다. 솜은 앞면과 뒷면을 가위로 잘라 놓고, 왼손으로 솜을 뜯어 작게 펴서 베갯속을 차근차근 채워 나갔다. 속싸개에 솜을 넣은 후 베갯잇을 끼우니, 훌륭한 베개 세 개가 완성되었다.

귀찮다고 버렸다면 쓰레기장에서 천대받으며 환경을 오염시켰을 솜을 아픈 손으로 달래어 정성껏 만들었더니, 깨끗한 베개로 다시 태어났다. 외지에 나간 가족들이 가끔 돌아올 때 잘 사용할 수 있도록 도와준 내 오른손. 외모는 울퉁불퉁 못났지만, 언제나 내 뜻을 따라 희생하며 도와주는 고맙고 아름다운 손. 고맙다. 오늘은 네가 나의 전부다.

까마귀 고기를 먹었는지?

가을바람은 어느새 푸른 은행잎을 노란 드레스로 갈아입혔다. 청색 하늘에서 쏟아지는 햇살이 오늘따라 눈이 부시다. 오랜만에 만난 친구들을 노랑나비같이 팔랑거리며 길 위에 내려앉는 은행잎이 모두를 동심으로 돌려놓았다. 황금잎을 밟으며 참새떼처럼 옛이야기로 많은 수다를 떨었다.

그리고 맛있는 점심과 차를 마시고 헤어졌다. 집으로 들어서니 매캐한 냄새가 코를 자극한다. 무슨 냄새지? 코를 벌름거리며 주방으로 갔다. 냄비 속이 숯검정같이 까맣게 타 있었다. 새까만 물체이건 뭐지? 두꺼운 줄기와 얇은 줄기가 얽혀 있는 형상을 한참 들여다보았다.

아뿔싸, 며칠 지난 미역국을 한번 끓여 놓고 외출한다는 것이 깜빡 잊고 불을 켜 둔 채 나간 것이다. 다행히 코팅 냄비에 불을 약하게 켜 놔서 까맣게 탄 물체는 빈대떡처럼 발딱 일어났다. 냄비를 닦는 수고는 면했지만 아찔한 순간이었다.

언젠가 신년 떡국을 끓이기 위해 사골국물을 만들려고 스테인리스 찜통에 우족과 사골을 넣어 가스불에 올려놓고 외출했다. 성당 미사 후 지인들과 점심만 먹고 얼른 들어온다는 것이 차를 마시고 이런저런 이야기꽃을 피우느라 까맣게 잊었다. 그리곤 남편과 마트로 가 생필품을 잔뜩 사서 집으로 돌아와 현관을 들어서니 집안이 매캐한 냄새와 검은 연기로 가득 차 있었다.

"불이 났나?"

나는 무서워 심장이 덜컹 내려앉았다. 한 발짝도 움직이지 못하고 바닥에 돌처럼 굳어있었다. 남편이 주방으로 가더니,

"다행히 불은 안 났어, 사골 뼈들만 새까맣게 타서 찜통에 엉겨 붙었어." 했다.

나는 다행이라 생각하고 가슴을 쓸어내렸다. 그 후가 문제였다. 스테인리스 찜통을 닦아보려고 힘을 주어 뼈를 떼어내려 남편과 노력했지만, 찜통에 엉겨 붙은 뼈는 떨어지지 않았다. 마치 누군가 단단히 용접이라도 해놓은 것 같았다. 아무리 애를 써도 도저히 닦을 수가 없어 고생만 하다 찜통까지 버렸다.

추운 날씨에 현관문과 주방 문까지 모두 열어 놓고 밤새도록 통풍을 시켰다. 사골 노린내는 좀처럼 가시지 않았다. 집안 곳곳에 스며들어 있던 냄새가 숨 쉴. 때마다 콧속을 파고들어 와 도저히 깊은 잠을 잘 수가 없었다.

다음날 옷걸이에 걸어놓은 옷과 침대보 이불까지 빨며 매일 환기를 해도 효과가 없었다. 들숨과 날숨을 따라다니는 지독한 노린내는 외출했다 들어오면 역한 냄새는 여전히 코로 들어왔다. 집안의 커튼들과 모든 이불 의류를 세탁하고 온 집안을 다 닦아냈다. 노린내가 제거되

는데 한 달도 더 걸렸다. 추운 겨울에 지독한 냄새와 전쟁을 하다 보니 구정 설날이 되었다.

그렇게 고생했는데도 까맣게 잊어버리고, 몇 년 후 가을 어느 날 파킨슨 증후군으로 누워있는 남편을 위해 곰국을 끓였다. 대형 국솥에 우족을 넣어 가스 불에 올려놓고 외출했다가 돌아와 잊어버렸다. 1층 남편 옆에서 운동시키고 저녁은 굴 짬뽕을 배달시켜 먹고 있다가 밤 11시에 집으로 올라갔더니 곰국이 까맣게 타기 시작했다.

그런데도 뼈가 탄 노린내가 지독하게 났다. 비싼 국솥에 까맣게 타붙은 뼈들도 끝내 떨어지지 않아 아까워도 솥을 버려야 했다. 지독한 냄새를 없애기 위해 한동안 몸고생 마음고생하고 나서 노린내가 사라졌다. 그 후 다시는 곰국을 안 끓인다. 조금 국을 끓일 때는 옆에 지키고 서 있거나 인덕션에 타임을 조정해 놓는다. 그렇게 주의했건만 오늘도 깜빡 잊고 다시 같은 일이 벌어졌다. 치매도 아닌데, 철없이 자꾸 불장난하는 나는 혹시 까마귀 고기를 먹은 소녀인가? 철이 들어야 할 텐데….

동행

오곡백과가 무르익은 추석날, 조카딸이 찾아왔다. 성당에 갈 때 입으라며 정장 한 벌을 내민다. 분홍색 마리에, 상아색 바지. "이 멋진 옷이 나에게 어울릴까?" 하며 입어보니, 화사하고 예쁘기는 한데 색이 너무 튀는 것 같아 자신이 없었다. 그러자 조카딸이 말한다. "그럼, 한 벌로 입지 말고 다른 옷과 매치해서 입으세요." 그 말대로 하니 두 벌을 얻은 기분이 들었다.

오랜만에 집을 찾은 조카딸과 함께 '아침 고요 수목원'으로 나들이 갔다. 입구를 들어서자 화려한 꽃들이 만발하고, 살랑살랑 부는 가을 바람은 풍성한 갈대를 안고 돌아나갔다. 가을 소국이 활짝 핀 길을 따라 걷다 보니, 마치 그림 속처럼 아담한 하얀 교회가 오색 꽃에 둘러싸여 있었다.

구름다리를 오르자, 푸른 잎새 사이로 노란 얼굴을 수줍게 내민 수련꽃들이 마치 인사를 건네듯 우리를 맞이했다. 그 앙증맞은 자태에 절로 미소가 번져, 우리도 꽃처럼 서로 마주 보며 환히 웃었다.

잔디 정원에는 소나무들이 곱게 다듬어져 있었다. 나 역시 집 정원에 소나무 세 그루를 36년째 기르고 있다. 한때는 지나가던 사람들이 예쁘게 다듬어진 소나무를 보고 발길을 멈추며 사진을 찍거나 감탄을 아끼지 않았다. 하지만 교통사고로 손을 다친 후, 전처럼 정성껏 전지할 수 없게 되었다. 그 소나무들을 바라볼 때마다 가슴이 아프다.

오늘 수목원에서 내 마음에 쏙 들게 다듬어진 소나무들을 바라보니, 샘이 나고 부러워 슬며시 우울해졌다. 그늘진 소나무 아래에 맥없이 앉아 있는데, 시원한 바람이 내 마음을 아는 듯 솔향 가득한 피톤치드를 실어 보내준다. 갑갑하던 마음이 조금은 맑아졌다.

자리를 옮겨 시냇물 소리를 들으며 키 큰 나무 아래 앉았다. 깨끗한 공기를 마시며 조카와 이야기를 나누니, 마치 별천지에 온 듯한 기분이 들었다. 옆에 있는 분재원에도 들러 정성껏 가꾼 나무들을 감상하고, 마지막으로 출렁다리를 건넜다. 장난기가 발동해 중간쯤 서서 다리를 흔들어보았지만, 함께 까르르 웃거나 무섭다고 소리치는 친구들이 없으니 재미가 반감되었다. 조카와 즐겁게 하루를 보내고 청평역에서 배웅한 뒤 집으로 돌아왔다.

잠시 후, 조카딸에게서 도착했다며 카톡이 왔다.

"작은엄마, 질곡의 시간 속에 고생 많이 하셨습니다. 옆에서 공존한 시간도 있었지만 짐만 되었던 것이 미안합니다. 어려운 삶 속에서도 밀어내지 않고 품어 주셔서 감사합니다. 힘든 시간 보내시면서도 아름답게 사셨으니, 남은 생은 성령님 안에서 누리는 의로움과 평화의 기쁨 속에서 건강하세요."

카톡을 읽는 순간, 가슴이 뭉클하며 눈물이 핑 돌았다. 나는 평생 귀를 막고, 입을 닫고, 눈을 감은 채 살아가는 사람이라 생각했다. 그런데 이렇게 조카에게서 예쁜 옷과 다정한 글을 받고 보니, 내게도 이런 날이 오는구나 싶어 감개무량했다.

내 젊은 날은 아픔의 연속이었다. 일찍 부모님을 여의고 두 동생을 데리고 시집을 왔다. 방 한 칸 없이 월세로 시작한 신혼살림에서 세월이 흘러 작은 집 하나를 마련했을 때는, 아이가 셋으로 늘어나 우리 식구는 일곱 명이 되었다. 그러던 어느 날, 시동생이 시어머니를 한 달만 모셔달라며 같이 왔다. 한 달이 열두 해로 이어졌고, 여덟 명의 대식구가 북적이며 살다 보니 생계를 꾸리는 일도 버거웠다.

시어머니는 셋째 시숙을 유독 편애하셨다. 시숙에게 전세방을 얻어주면 곧 월세로 돌려쓰고, 돈이 떨어지면 다시 전세를 얻어달라 했다. 방을 못 구하면 시어머니에게 밥에 양잿물이나 하이타이를 넣었다고 억지를 부리며, 식사를 거부한단다. 시어머니는 그 아들을 위해 다른 아들네 집을 찾아가 도와달라 했지만, 한강에 돌 던지기라며 아들들이 모두 입을 닫았다.

내 남편도 "한번 해줬으면 됐지, 우리도 돈 없어 못 해준다"라고 말했다. 시어머니는 결국 만만한 나를 들들 볶았다. 급기야 내 아이들에게까지 험한 말을 쏟아부으셨다. 할머니만 보이면 두 아들은 밖으로 피해 나갔다.

나는 귀와 입을 닫은 채 살았다. 그 고통 속에서 어느 날은 내 귀에 까마귀 울음소리 같은 환청이 들렸다. 정신병원을 가야 하나, 죽고 싶다 싶을 즈음, 나는 은행 대출을 받아 전세방을 마련해 주거나, 또 어느 날은 곗돈을 미리 낙찰해 드리기도 했다. 그러고는 나중에 힘겹게 같아나갔다. 그러자 남편은 "넌 속없는 여자다. 형과 어머니 장단에 춤추며 우린 어떻게 살 거냐?"며 나를 몰아붙였다.

시어머니가 계시니 시숙이나 시댁 식구들이 골방 쥐 드나들 듯 우리 집을 드나들어도 위로에 말 한마디 하는 사람이 없었다.

그 와중에 남편이 뇌출혈로 쓰러져 경희의료원에 입원했다. 내 손은 빈손이었고, 그래도 시어머니는 여전히 우리 집에 계셨다. 내가 형제들에게 손을 벌릴까 그랬는지? 삼 동서들은 병원 한번 안 찾아왔다. 나는 마음을 굳게 하고 오직 모든 일을 혼자 감당하며 하루하루 종종걸음으로 살았다.

그러던 어느 날, 일본 선박에서 근무하던 조카사위가 휴가를 왔다. 마음씨 고운 그는 병원에 들러 두 달 동안 무려 다섯 번이나 남편을 교대하며 돌봐주었다. 덕분에 나는 친정 동생이 돌보고 있는 춘천의 아이들 곁을 다녀올 수 있었다. 그때 그 사위가 얼마나 고맙던지, 가슴이 벅찼다. 하지만 가진 것 없는 빈손이라, 정작 아무런 답례도 못 한 채, 마음 한편에 바윗덩이를 얹어놓은 듯 불편한 마음으로 말없이 살았다.

그로부터 20여 년이 흘러, 조카사위가 칠순을 맞이했다. 나는 그 고마운 마음을 담아, 역경 속에서도 잘 자라준 우리 아이들과 함께 뜻을 모아 황금 거북이 10돈과 감사 편지를 준비했다. 그제야 내 등에 얹힌 무거운 짐 하나를 내려놓은 듯 마음이 한결 가벼워졌다.

한때 조카딸이 우리 집에 와 지낼 때는 살림이 빠듯해 사랑을 나눌 여유조차 없었다. 그래도 사위와 결혼해 손주들을 정성껏 잘 키워냈고, 이제는 신앙 안에서 자기 길을 성실히 걸어가는 모습을 보면, 마음 깊이 고맙고 흐뭇하기 그지없다.

그리움 끝에 선 고향

"정남이니?" 낯선 목소리로 전화가 걸려 왔다.

"누구신데 저를 아시나요?"

"친구야, 나 귀분이야. ○○학교 다닐 때, 끝나면 너희 집 방공호에서 많이 놀았잖아."

가만히 기억을 더듬어보니, 안갯속에 잠자고 있던 옛 기억이 서서히 깨어났다. 크고 또렷한 눈매, 서글서글한 목소리의 귀분이가 떠올랐다.

선풍기도 냉장고도 없던 시절, 여름 불볕더위를 피해 친구들은 셋, 넷씩 모여 우리 집 방공호로 몰려들곤 했다. 시원한 바람이 도는 그곳은 우리만의 놀이터였다. 조금 더 올라가면 작은 동산이 있었는데, 그곳에 앉으면 시내가 멀리까지 내려다보였다. 사방에서 불어오는 바람을 맞으며 네 잎클로버 꽃으로 목걸이와 반지를 엮어 서로의 목에 걸어주며 놀았던 시절. 귀분 이는 바로 그 시절을 함께한 친구였다.

"귀분아, 내 전화번호는 어떻게 알았어?"

"동창 ○○에게 물어봤더니 알려주더라."

"그래? 60여 년의 세월이 흘렀는데도 나를 잊지 않고 기억해 줘서 고마워, 친구야."

우리는 그동안의 근황을 주고받았다.

"시간 있으면 네가 춘천으로 올래? 아니면 내가 충주로 갈까?"

"우리, 어디서든 한번 꼭 만나자."

그렇게 통화를 마쳤다.

나는 친정아버지가 갑작스러운 사고로 세상을 떠나시고, 어머니마저 뇌출혈로 돌아가시는 바람에 두 동생을 데리고 춘천으로 시집을 왔다. 이후 내 인생은 롤러코스터처럼 내리막과 오르막을 반복하며 고향과 친구들은 까맣게 잊고 살았다. 반가운 귀분의 목소리를 듣고 나니, 마음속에 묻어두었던 '아버지와의 추억' 그리고 고향집이 아지랑이처럼 피어올랐다. 가슴이 뜨거워지며 눈물이 볼을 타고 흘러내렸다.

그녀는 지금 어떻게 변했을까? 내 고향 집은 아직 남아 있을까? 밤이면 타임머신을 탄 듯, 옛 고향으로 달려가 부모님과 살던 집을 헤매다 잠에서 깬다. 친구에게 우리 옛집을 가보라고 했더니, 그곳엔 길이 새로 나고 집들을 다시 지어져서 찾을 수 없었다고 한다.

어느 날, 친구를 충주 터미널에서 만나기로 하고 직행버스에 몸을 실었다. 버스가 자주 없어 일찍 출발했더니, 친구를 만나려면 두 시간이 남았다. 나는 먼저 고향 집을 찾아보기로 했다. 택시를 타고 "충주 성공회로 가 주세요" 했다. 차에서 내리자, 옛날 성공회 건물은 사라지고 아름답게 새로 지어진 성공회가 눈에 들어왔다. 반가웠다.

오른편엔 내가 다니던 학교가 있었다. 60여 년 전과 달리, 깔끔한 2층 건물로 바뀌어 감회가 새로웠다. 조금 더 걸으면 어릴 적 내가 살던 집이 있던 곳이다. 가까워질수록 가슴이 콩닥콩닥 방아를 찧는다. 그 집은 아직 남아있을까? 흔적도 없이 사라졌을까?

설레는 마음으로 옛집을 향해 갔다. 예전에는 집 뒤로 자동차와 우마차가 다니던 도로가 있었고, 마당 옆엔 사람들이 향교로 넘어가던 작은 언덕길이 있었다. 지금은 길이 직선으로 나면서 새로 지은 집들이 많아, 우리 집이 오른쪽이었는지 왼쪽이었는지 아리송하다.

동네를 이리저리 돌며 초인종을 눌렀지만 대답하는 이는 없었다. 60년을 그리워하다 찾아왔건만 흔적조차 찾지 못해 마음이 탔다. 학교 뒷산을 올려다보니 어머니 친구가 살던 집은 지붕은 사라지고 벽만 남아 폐허로 서 있었다. 그곳에서 길을 찾아 내려오면 될 것 같았다.

그러나 산길은 '출입 금지'로 막혀 있었다. 나는 한참이나 그곳을 바라보았다. 친구들과 술래잡기를 하고, 네잎클로버 꽃을 엮으며 까르르 웃던 추억이 물밀듯 밀려왔다. 친구들은 지금 어디에 있을까. 살아 있을까, 아니면 하늘로 떠났을까?

마음을 다잡고 좁아진 옛 골목길을 찾았다. 풀이 무성하게 자라 사람들 발길이 뜸했지만, 나는 옛날처럼 디딤돌을 하나씩 밟으며 조심스레 걸었다. 골목이 끝날 무렵, 둔덕 아래 작은 텃밭이 보인다. 그곳은 어린 시절 우리 집의 화장실이 있던 자리였다. 아, 여기가 맞구나.

그러나 본집은 도로에 편입돼 헐리고, 그 자리에 새로 지은 집이 북향으로 있었다. 터만 남아 있는 것도 다행이라 해야 할까. 우리 가족의 보금자리였던 집과 방공호를 한번 보고 싶은 마음에 그 집의 벨을 여러 번 눌렀지만, 대답이 없었다. 다음에 다시 찾을 땐 이곳마저 개발로 흔적도 없이 사라질 것 같아 발길이 무거웠다. 3시간 달려와 결국 집 안을 보지 못한 채 돌아서야 했다.

터미널로 돌아와 친구를 기다리는데, 키가 크고 건강한 체격, 화려한 황금빛 니트와 초록 바지를 입은 그녀는 젊은 시절처럼 예쁘고 당당했다. 반면 화장기 하나 없는 얼굴에 블루 꽃무늬 망사 원피스를 입은 내 모습은 초라해 보였다. 혹시 나를 못 알아볼까 걱정했지만, "귀분이니?" 하자 그녀는 환한 미소로 답했다.

"맞아!"

커다란 눈빛과 목소리만큼은 60년 전 그대로였다. 우리는 터미널 한가운데서 얼싸안았다. 그리고 식당으로 향했다. 5월의 태양이 눈부시게 쏟아졌다. 짧은 거리를 걷는 동안에도 우리는 숨이 찰 정도로 이야기보따리를 풀어놓았다. 그녀의 단골집인 시원한 한식집 한 편에 앉아 우리는 그동안 쌓인 이야기들을 봇물 터지듯 쏟아 내었다. 아이들과 남편 이야기 지나온 삶을 나누다 보니 버스 시간이 다가왔다. 코로나 이후로 버스가 드물어 다음을 기약하며 아쉬운 작별을 해야 했다.

달리는 버스 창밖으로 스치는 풍경을 보며 생각했다. 젊을 때 회전목마나 쾌속 열차를 타고 빙빙 돌다 내리면 그 자리가 내 자리였듯, 인생도 그렇게 제자리를 찾을 수 있다면 얼마나 좋을까? 그러나 덧없이 흐른 세월은 내 고향을 낯선 곳으로 바꾸어 놓았다. 고무줄놀이와 사방치기, 땅따먹기하던 친구들은 세상을 떠났고, 나는 이제 그 자리에 서 있는 몇 사람 중 하나가 되었다.

"귀분아"

우리는 이제 노인이 되어있음이 실감은 나지 않지만, 앞으로 몇 년을 더 살지 몰라도 '과일나무를 심는 마음으로' 하루하루 최선을 다하며 살아가자고, 다짐해 본다.

시어머니의 미소가 그립다

장맛비가 끊이지 않아 햇살을 본 지가 언제였는지도 가물가물하다. 비 오는 날이 이어지니 외출도 꺼려지고, 마음까지 눅눅해졌다. 나이가 들면 옛 사진을 정리하라는 말이 떠올라, 오늘은 마음을 다잡고 오래된 사진 상자를 꺼냈다. 거실 바닥에 사진을 주르르 펼쳐 놓고 한 장 한 장 들여다보다가, 흐릿하고 어두운 사진 몇 장에서 시선이 멈췄다. '이건 언제 찍은 걸까?' 자세히 보니, 시어머니와 함께 단양 고수동굴 안에서 찍은 사진들이었다.

오래된 일이다. 동네 친목회에서 단양으로 관광을 갔을 때였다. 고수동굴에 들어서는 순간, 마치 시간이 멈춘 듯한 고요함이 온몸을 감쌌다. 그곳은 4억 5천만 년의 시간을 품은 신비로운 동굴이란다. 안으로 발걸음을 옮기니 서늘한 공기가 얼굴을 스쳤다.

거친 바람은 아니었지만, 그 안에는 세월이 담긴 이야기가 깃들어 있는 듯했다. 나는 시어머니 손을 잡고 사람들 뒤를 따라갔다. 석회암에 물이 스며들며 자연이 빚어낸 걸작들이 어둠 속에서 은은하게 빛을 발하고 있었다.

바위 곳곳에 자리 잡은 종유석과 석순은 상상할 수 없는 정교함을 자랑했다. 물방울이 한 방울씩 떨어지며 천천히 만들어낸 조각품들은 세월의 인내와 자연의 솜씨가 어우러져 빚어진 것이었다. 용의 머리를 닮은 종유석은 강렬한 존재감을 뽐냈고, 해골 바위는 어둠 속에서 묘한 긴장감을 불러일으켰다. 마치 동굴 속에 잠든 신화 속 생명체가 깨어날 것만 같았다.

길을 따라 조금 더 들어가자, 한쪽 벽면에서 눈 부신 빛이 반사되었다. "시어머니가 요사스러운 빛이구나. 야 이쁘다 이뻐 반짝거리는 저 곳 좀 봐라." 그것은 마치 보석처럼 빛나는 석주들이었다. 물방울이 맺혀 반짝이는 석주는 은은한 빛을 발하며 방문객을 매혹했다. 손으로 빚은 작품이라 해도 믿을 만큼 섬세한 무늬와 곡선이 돋보였다. 조명을 받은 석주들은 빛과 그림자가 어우러져 환상적인 분위기를 자아냈다.

특히, 천장에서 길게 늘어진 종유석 아래에는 작은 물웅덩이가 자리하고 있었다. 그 물웅덩이에는 천장에서 떨어진 물방울이 잔잔한 파문을 만들고 있었다. 파문은 동굴의 고요함을 깨지 않고 마치 동굴의 숨결처럼 은근히 퍼져나갔다. 동굴 안을 걸어 나오며 자연이 쌓아온 시간은 거대한 생명체처럼 느껴지고, 고수동굴은 단순한 관광지가 아닌, 살아 숨 쉬는 자연의 신비 같았다.

동굴을 나오며 다시 밝은 햇살을 마주했을 때, 시어머니는 내 손을 잡으시며 "세상에 이런 신기한 곳도 있냐? 어두운 굴 안에서 어떻게 그런 희한하고 예쁜 돌들이 생겨났다니! 어미야, 여기는 다른 세상이구

나. 구경 정말 잘했다. 고맙다." 하시던 시어머니, 어둠 속에서 본 찬란한 자연의 작품들은 현실과는 전혀 다른 세상을 경험한 기분이었다.

오후엔, 유람선에 올랐다. 푸른 물 위를 달려 도담삼봉에 다가서는 순간, 마치 꿈결 속 풍경에 발을 들인 듯했다. 남한강의 잔잔한 물 위에 솟은 세 개의 봉우리는 한 폭의 동양화였다. 햇살이 물 위로 내려앉으며 봉우리들을 부드럽게 감싸 안았다. 멀리서 바라본 풍경은 평온했지만, 가까이 다가설수록 자연의 위대함이 온몸으로 느껴졌다.

선장이 도담삼봉을 설명했다. 저곳의 높고 당당한 큰 봉우리는 사람들이 남편 봉우리라 부르고, 오른쪽 봉우리는 아내, 왼쪽 봉우리는 첩이라 불린다는 설명에 순간 웃음이 터졌었다. 그러나 이 농담 같은 이야기가 이곳의 매력을 더 돋보이게 했다. 사람들의 상상력은 자연과 어우러져 특별한 이야기를 탄생시켰고, 그 덕에 도담삼봉은 단순한 풍경 이상의 감동을 주는 것 같았다.

큰 봉우리 남편은 강 위에 우뚝 서서 주변 풍경을 내려다보는 모습이 듬직하며 위엄 있었고, 남편 봉우리의 오른쪽에는 부드러운 곡선을 지닌 아내 봉우리는 마치 강물에 몸을 살짝 기댄 채, 남편을 바라보는 듯했다. 왼쪽에는 아담하고 귀여운 크기의 첩 봉우리가 자리했다. 사람들은 첩이라는 이름에 웃음 섞인 농담을 주고받으며 웃고 있었다. 이 세 봉우리가 만들어내는 풍경은 단순히 자연의 조화가 아니라, 마치 오래된 이야기 속 한 장면을 그대로 옮겨 놓은 듯했다.

저녁 무렵, 붉은 노을이 강물 위로 물들기 시작했다. 도담삼봉은 붉게 물든 하늘과 어우러지며 낮과는 또 다른 모습으로 변했다. 붉은 노을 속에서 세 봉우리는 마치 깊은 잠에 빠진 듯 고요했다. 오랜만에 외출한 어머니와 나는 마냥 즐겁기만 했다.

　고수동굴과 도담삼봉은 단순히 보는 것만으로 마음을 채우는 곳이 아니라 풍경 속으로 스며들며 자연과 하나가 되는 체험을 하고 돌아오는 길, 시어머니는 나에게 '돌도 첩이 있다니, 사람들은 이름도 잘 짓는구나!' 하시며, 해맑게 웃으시던 그 얼굴이 오늘따라 더욱 그립다.

얼음 위의 기사들

　아카시아 꽃향기를 맡으며 구불구불 산길을 올라가니, 청풍면을 옮겨다 놓은 문화재 단지가 나타났다. 1985년 충주댐 완공으로 청풍면이 물속으로 수장되어 지형이 높은 이곳으로 옮겨 왔다고 한다.

　문화재를 둘러보았다. 청풍의 역사와 문화를 전시한 박물관, 조선시대 대표적인 누각으로 청풍 부사가 건립한 한벽루, 청풍 부사의 집무실인 금남루, 관아의 부속 건물로 중앙 관속들이 용무차 내려와 머물던 응청각, 청풍호 주민들의 생활상을 전시한 민속 생활관, 수몰된 지역의 역사와 문화를 알려주는 전시물들까지 모두 한 장소에 모아 놓았다. 옛 모습들과는 다소 생소한 느낌이지만, 많은 관광객이 관람하기엔 한결 편리해졌고 주변 산수도 무척 아름다웠다.

　청풍에서 푸른 호수를 내려다보니, 60여 년 전의 일들이 주마등처럼 떠올랐다. 내 유년 시절, 제천에서 옷 가게를 하시던 이모가 있었다. 멀미를 심하게 하시던 어머니 대신, 이모네 심부름은 늘 내 몫이었다. 당시 충주에서 제천으로 가려면 목행리 나루터에서 강을 건너가야 했고,

버스는 나룻배에 올라타야 했다. 사공 둘이 앞뒤에서 노를 저어 넓은 강을 건네주면 버스는 다시 제천을 향해 달렸다.

버스가 자주 없던 시절, 심부름을 마치고 이모 집에서 나오면 언제나 막차를 타게 되었다. 청풍면을 경유하는 버스다. 그래서 청풍 강에서도 버스가 나룻배를 타고 넓은 강을 건너 충주로 갔다. 여름엔 나룻배를 노 저어 가는 동안, 시원한 강바람과 푸른 물빛을 보기 위해 버스에서 내리기도 했다. 배를 따라오는 물고기들이 요리조리 꼬리를 흔들며 쫓아오는 모습이 귀여워, 물에 빠질 듯 몸을 내밀고 들여다보기도 했다.

하지만 겨울방학이 되면 강은 전혀 다른 모습이었다. 기온이 뚝 떨어진 한파가 몰아치면 강물이 꽁꽁 얼어버려, 배는 더 이상 움직이지 못했다. 그러면 버스 기사들의 모험이 시작됐다. 모험이 아니라 '깡'이었는지도 모른다. 강을 건너기 전, 버스 기사는 승객들을 나루터에 내려놓고. 두껍게 언 목행리 강이나 청풍 강을 눈썰매 타듯 쏜살같이 질주했다.

얼음이 깨지면 버스도 기사도 물속으로 곤두박질치는 아찔한 모험이었다. 그런 위험을 무릅쓰고 달리는 버스의 타이어 밑으로는, 두껍게 언 얼음이 "으지직, 찍찍, 으지직, 찍찍" 실금 가는 소리를 냈다. 기사들은 그 얼음 갈라지는 소리를 듣지 못했을까? 아니면, 듣고도 외면했을까?

먼저 강을 건넌 버스가 건너편에 무사히 도착한 것이 보이면, 남겨진 승객들은 그제야 안도의 숨을 내쉬며 강 위를 걷기 시작했다. 맹추위 속 사람들은 얼굴은 목도리로 꽁꽁 감추고 눈만 겨우 내놓았다. 얼음 위를 걸어가려면 강바람이 매섭게 얼굴을 때려 따갑고 아팠기 때문이다. 미끄러지는 사고를 막기 위해 신발과 발등을 새끼줄이나 천 조각으로 돌돌 감아야 했다. 그래야 얼음 위에서도 넘어지지 않을 수 있었다.

버스가 달릴 때 실금 가는 소리를 기억하며, 승객들은 몇 명씩 흩어져 조심조심 걸었다. 그런데도 겁 없는 남자아이들은 두 발로 얼음을 쭉쭉 밀며 누가 더 멀리 가나 내기를 했다. 요즘 아이들이 킥보드 타듯, 그 시절 우리는 그렇게 얼음 위에서 놀았다. 용기 없던 나는 그런 남학생들을 바라보며 부러운 눈길만 보냈다.

이미 겁에 질린 나는 숨소리조차 크게 내지 못한 채, 얼음만 들여다보며 어른들과 함께 걸었다. 넓은 강 위를 바람이 쌩쌩 쇳소리를 내며 날아다녔다. 나는 발이 시리고 너무 추워 윗니와 아랫니가 맞부딪쳐 달그락달그락 방아를 찧듯 떨렸다. 덜덜 떨며 걷던 그 빙판길이 어쩌면 그렇게도 멀게 느껴졌는지.

어느 해엔, 햇빛조차 숨은 듯, 우중충한 날이었다, 회오리바람이 흰 눈가루를 모래처럼 얼굴과 손등에 마구 뿌리며 날아갔다. 눈이 따가워 뜨지도 못한 채, 한참을 그대로 서 있어야 했다. 세찬 바람에 미루나무들이 윙윙 소리를 내며 몸을 좌우로 틀었다. 마치 빨리 건너오라고 호령하는 듯해 무서웠다. 그날, 나 혼자라면 혼절했을 것이다.

그때 내 손을 꼭 잡아주고, 온몸으로 바람을 막아주며 동행해 준 분이 있었다. 그 품에서는 엄마 냄새가 느껴졌다. 그분은 지금쯤 천국에 가셨을까, 아니면 극락을 가셨을까? 많은 세월이 흘렀어도, 그 따뜻하고 고마운 아줌마가 가끔씩 떠오른다.

지금은 없는 것 없이 마음껏 누리며 풍족하게 살고 있지만, 목화솜처럼 포근했던 옛 정(情)의 따스함은 어디서든 찾아볼 수 없다. 비록 돈은 부족했어도, 정이 솟아나던 그 시절이 그립기만 하다. 한겨울 꽁꽁 언 넓은 빙판길을 숨 쉴 새 없이 달리던 용기라기보다는, 차라리 깡이라고 불러야 할 버스 기사들, 지금 어디서 어떤 모습으로 살고 있을까, 그분들도 나처럼 살아가며 지난 세월을 추억하고 있을까?

　충주 목행리 강 나루터는 1960년에 충주 비료 공장이 들어서며 목행교가 세워지고, 나룻배는 사라졌다. 제천에서 청풍을 거쳐 충주로 가던 버스를 강 건너로 실어 나르던 청풍 나루터 역시, 1985년 충주 다목적댐 완공으로 수장되어 지금은 흔적조차 찾을 수 없으니 아쉬울 따름이다. 그러나 내 기억 속에는 여전히 얼음을 가르던 버스의 굉음과, 그 시절의 따뜻한 정이 살아 있다.

대부도 여행

《수필문학》 출판기념회를 겸해서 안산 대부도로 여행을 떠났다. 처음 가는 곳이라 소풍 가는 어린이처럼 가슴 설레어 한잠도 못 잤다. 춘천에서 서울까지 지하철을 타고 올라가서 문인들과 합류했다. 안산으로 달리는 창밖엔 짙은 안개가 시야를 가려 사물이 희미하다. 사무국장의 재치 있는 유머와 재미있는 게임에 시간 가는 줄 모르고 하하, 호호 웃다가 어느새 안산에 도착했다.

버스가 도착한 곳은 탄도항이다. 넓은 갯벌로 들어서는 길목엔 갈대가 뽀얀 꽃을 피워 하늘하늘 춤추는 풍광이 바다와 어우러져 한 폭의 수채화다. 찰나에 세찬 바람이 늪지의 갈대를 향해 불어왔다. 바람에 중심을 잃은 갈대가 이리저리 휘청거리는 가냘픈 모습이 '김홍국이 호랑나비를 부르며 휘청거리던 모습이 생각난다.' 바람에 시달리던 갈대가 풍성한 목화송이처럼 활짝 피어나는 모습이 정겨워 화석처럼 꼼짝하지 않고 오랫동안 바라보았다.

탄도항에서 누에섬까지 하루 두 번, 4시간씩 바닷물이 빠지는 안산 바다. 그곳엔 '모세의 기적'이라는 길이 있었다. 우리 일행도 그 길을 걸었다. 누에섬으로 가는 1, 1km의 물에는 높이 100m 정도의 웅장한 풍력발전기 3기가 우뚝 서 있다. 왼쪽 넓은 갯벌 위로 부지런히 오가는 케이블카 위로 하늘에 검은 구름이 펼쳐있다.

바닷물이 빠진 갯벌에 사람 발소리를 듣고 작은 게가 숨느라고 갯벌이 벌렁거린다. 갯벌로 들어가 게를 잡을 시간이 없었다. 그래도 땅속에서 나오는 게가 보고 싶어 눈을 크게 뜨고 찾아보았지만, 얼마나 빠른지 뻐끔거리는 진흙 구멍만 보일 뿐이다. 누에섬 등대 전망대가 가까이 보이는데 다녀올 시간이 없어 포기하고 되돌아서 일행들과 합류했다.

안산 대부광산 퇴적암층으로 이동했다. 암석 채취 중 공룡 발자국과 식물 화석이 발견된 곳이다. 연대측정 결과 이곳의 퇴적 시기는 공룡이 번성했던 중생기 후기 약 7천만 년 전으로 밝혀졌다고 한다. 퇴적층 밑 아담한 산 밑으로 흐르는 작은 호수는 에메랄드빛으로 참 예뻤다. 우리는 걸어서 맞은편 공원으로 올라가 퇴적암층과 호수를 배경으로 환상적인 기념사진을 찍고 내려왔다.

맛있는 해물파전과 조개 칼국수의 진미를 맛보고, 98년의 역사를 자랑하는 동춘 서커스를 관람했다. 어렸을 때 보던 서커스를 65년이 지난 오늘 감상하니 감회가 새롭다. 관람객들도 옛날을 회상하는지 공연장이 조용했다. 공놀이의 멋진 공연팀이 바뀔 때마다 박수갈채가 쏟아졌다. 옛날처럼 공중에서 아슬아슬하게 줄 타던 배우들이 없어졌는지 안 보여서 아쉬웠다.

남녀 두 쌍이 천으로 만든 줄을 교대로 타는 모습이 스릴 있었지만, 대형 스테인리스로 만든 두 개의 원이 시소처럼 오르내리고, 빙글빙글 돌고 있는 원 위에서 빠르게 줄넘기하는 사람이 미끄러져 떨어질까 봐, 가슴을 조이던 순간은 오랫동안 기억에 남을 것이다.

노을이 아름답다는 여행의 마지막 일정인 오이도에 도착했다. 비가 내려서 석양을 보지 못하는 아쉬움을 출판기념회로 달래야 했다. 시작을 알린 창작 군무가 인상적이었다. 임원진의 노력과 회원들의 열정이 가득한 시간이었다. 식당 '사라'에서 먹은 전복이 그리도 맛난 건 주방장의 솜씨 때문만은 아닐 것이다.

만나서 반갑고 즐거웠는데 헤어지려니 섭섭하다며 젊은 문우가 사랑이 담긴 100원의 행복인 꽃반지를 버스 안에서 나눠줬다. 투명 플라스틱 반지에 상아색 네 잎의 깔끔한 꽃반지를 받던 순간의 행복은 두고두고 마음에 남을 것 같다. 꽃반지를 받아 약지에 끼던 순간, 가슴이 두근거리며 네잎클로버 꽃반지가 떠올랐다. 어렸을 때 친구들과 꽃반지와 팔찌를 많이 만들며 놀았다. 화살처럼 빠르게 지난 세월에 그 친구들은 모두 어디서 살고 있는지 기억 속에만 남았다.

가까운 시일 내에 고향을 방문하여 가물가물 얼굴이 떠오르는 한 친구라도 만나 보기로 마음을 다진다. 60년의 세월이 흐른 고향 산천과 친구는 얼마나 변해 있을까? 사랑의 꽃반지, 참 고마워요.

독도는 외롭지 않았다

울릉도는 서른 해 전, 남편과 함께 포항을 거쳐 두 차례 다녀온 기억이 있다. 하지만 그때마다 독도에는 가지 못해 늘 아쉬움이 남았다. 그러다 지난해 '홀로 아리랑'을 배운 뒤, 독도에 꼭 한번 가보고 싶다는 마음이 간절해져 문화원 탐방 여행에 합류하였다.

춘천을 새벽 4시 30분 출발해 묵호에서 아침 8시 30분에 씨스타 1호에 몸을 실었다. 울릉도 도동항을 향해 나아가는 배 위로 화창한 햇살이 내리쬐었지만, 바다는 높게 일렁이고 있었다. 파도가 거세어 창밖엔 마치 비가 쏟아지는 느낌이다. 배는 넘실넘실 높은 파도를 오르내리며 트위스트 춤을 추었다. 뱃속도 울렁울렁 멀미약을 먹고 눈을 감았다. 다시 눈을 뜨니 씨스타는 거대한 봉우리처럼 우뚝 선 바위섬 앞에서 조심스레 입항하고 있었다.

울릉도 일주 도로를 달려 태하 황목에 도착하니, 20인승 모노레일 두 량이 우리를 가파른 산 중턱까지 데려다주었다. 거기서부터는 걸어야 했지만, 소나무 숲 사이로 퍼지는 피톤치드 향기를 마시며 올라가니 숨은 차도 기분은 상쾌했다. 등대와 바다, 울릉도의 한 자락이 어우러진 풍경을 사진에 담으며, 온몸에 스며드는 해풍에 속이 뻥 뚫리는 기분이었다.

돌아오는 모노레일에서 친환경 전력의 생산에 대한 설명을 들으니, 외딴섬에서도 자연에서 전기를 만들어 비축해 사용한다니 얼마나 다행인가? 나도 모르게 입꼬리가 올라갔다.

민속 너와집에선 산골 마을 60년 전의 풍경이 떠올랐고, 해상 비경 으뜸으로 손꼽히는 삼선암으로 달린다. 목욕하러 내려온 세 선녀가 옥황상제의 노여움을 사 바위가 되었다는 세 선녀 이야기, 호위 장수와 정을 나누다 늦장을 부린 막내 바위에만 풀이 자라지 않는다는 전설은 흥미로웠다.

해변을 달리는 버스 창밖으로 일몰이 펼쳐졌다. 붉은 하늘과 바다가 어우러진 장면은 숨이 멎을 만큼 아름답고 고혹적이었다. 모두가 차를 세우고 넋을 놓고 바라보다가, 순간을 놓칠세라 급히 카메라 셔터를 눌렀다. 순백의 태양이 붉은 물결 속으로 잠기며 사라지는 장면은 말로 다할 수 없는 장관이었다. 내 인생에서, 이토록 찬란하게 저무는 해를 마주한 건 참으로 축복이었다. 그렇게 아쉬움을 안고 늦게 식당에 도착했다.

다음 날 아침 9시 10분, 서동에서 씨플러스를 타고 드디어 독도를 향해 출발했다. 푸른 바다와 눈 부신 햇살 위에 삶의 한 자락 띄워 놓으니 세상 번뇌 사라지고 기쁨이 솟는다. 작은 섬이 가까워지니 가슴이 두근두근 내가 드디어 "대한민국에서 제일 먼저 해가 뜨는 독도에 왔구나."

그때 가이드가 말했다. "독도는 1년 365일 중 단 60일 정도만 입도가 가능합니다. 오늘처럼 맑은 날씨는 3대가 덕을 쌓아야 온다더군요." 말이 끝나자 모두 폭소가 터졌다." 어느새 배는 독도에 도착했고, 우리는 운 좋게 입도에 성공하였다. 눈부신 날씨와 독도를 지키는 괭이갈매기 떼가 우리를 반기며 날아올랐다.

하지만 정해진 시간은 단 30분, 가이드는 사진을 찍으려면 배에서 내리자마자 앞쪽으로 쭉 가 "포토존까지 뛰어가라"라고 했다. 태극기 문형이 새겨진 둥근 기념석, "대한민국 동쪽 땅끝"이라는 문구가 새겨진 그 앞에서 한 사람씩 태극기를 들고 사진을 찍었다. 촛대바위, 삼형제굴, 이사부길 등 주요 지점을 돌아보니 뱃고동이 울리며 승선하라는 안내 방송이 나온다.

벼르고 별러 독도에 왔는데 섬엔 올라가 보지도 못하고 고작 30분 사진만 찍고 돌아선다는 게 너무 아쉬웠다. 독도의 맑은 공기와 바다향을 가득 마시지 못한 아쉬움이 컸다. 빙 둘러보니 여인들 머리에 꽂힌 쌍 태극기와 손에 손마다 수많은 태극기 물결 속에서도 뭔가 허전했다. 그래서 나는 조용히 아리랑을 불렀다.

"홀로 아리랑~ 저 멀리 동해바다 외로운 섬, 조그만 얼굴로 바람 맞으리, 독도야 간밤에 잘 잤느냐?"

펄럭이는 대형 태극기를 바라보다 코끝이 찡해지며 눈물이 핑 돌았다. 애국심이란 이런 것일까? 이 작은 섬에 대한 사랑이 마음속 깊이 퍼져갔다. 더 많은 국민이 독도를 찾아, 대한민국 땅이라는 존재를 더 확실히 알렸으면 좋겠다는 생각에 잠겨 있는데, 그때, 괭이갈매기 한 마리가 내 앞 난간에 내려앉았다. 놀랍게도 한쪽 다리를 잃은 외다리 갈매기였다. 가슴이 뭉클했다. "너는 어쩌다 다리를 잃었니?" 나도 차 사고로 죽음 직전에 살아났는데, 이 작은 섬에서 아픔을 어떻게 견뎌냈어? 하며 말을 걸었다. 갈매기는 노란 부리에 검붉은 띠를 가진 입으로 뭔가를 말하듯 오물거리며 나를 바라본다. 배가 고픈가? 가방을 뒤져봐도 먹을 것이 없어 미안했다. "갈매기야, 네가 나보다 더 애국자다. 독도를 지켜줘서 고마워."하고, 뱃고동 소리에 나는 다시 배에 올랐다.

오후엔 죽도 관광이었다. 배에서 내려 나선형 계단을 오르며 다친 다리로 숨을 몰아쉬었다. 계단이 끝이 없어 중간에 포기하고 싶었지만, 참고 올라가니 대나무 숲과 청보리밭이 반겨주었다.

그리고 유럽풍 저택 같은 산장에 들어가니 그 유명한 사연의 주인공 김유곤 씨 혼자 마당을 쓸고 있었다. 부모가 60년 일군 땅에 94~96년 3년간 집을 지어 살다 부모가 돌아가시고, 혼자 살며 인생극장에 소개된 후 부인을 만나 아들을 낳아 행복한 세 가족이 소개된 집이다.

"안녕하세요!" 내가 인사하니 "어떻게 오셨어요" 그가 물었다. 나는 이것저것 물어보고 싶었지만 앞서 간 일행을 빨리 따라갈 마음에 길만 물어보고 아름다운 정원을 나왔다.

일행을 따라가기 어려울 것 같아 전망대로 올라갔다. 공사 중인 전망대 옆에서 바라본 바다는 한 폭의 그림이었다. 울릉도의 골짜기와 푸른 파도가 어우러진 풍경을 가슴에 담고 천천히 계단을 내려왔다. 계단이 367개라 했다. 왕복 734계단을 오르내린 내 다리가 대견해 스스로 다리를 쓰다듬으며 "고맙다. 사랑한다,"고 속삭였다.

멀리 대형 여객선이 들어오고 있어 하루 몇 명이 울릉도를 오느냐 물으니, 하루 2,000명 이상이 울릉도와 독도를 방문한다고 한다. 포항에서 900명, 후포에서 600명, 강릉, 묵호를 더하면 작은 섬 독도는 외롭지 않았다. 일본이 넘보지 못하도록 더 많은 이들이 다녀갔으면 좋겠다. 다만 자연이 더 파괴되지 않게 대책을 세웠으면 좋겠다, 는 바램도 들었다. 이번 독도 여행은 하늘이 도와줘 울릉도를 다 보고 갈 수 있어 행복한 여행이었다.

▲ 독도에서

선유도 해맞이

갑진년 청룡의 해, 우리 가족은 선유도에서 해돋이를 맞이하기로 했다. 12월 30일 오전 9시 18분, 남춘천역에서 전철에 몸을 실었다. 양주에서 출발한 사위와 퇴계원역에서 합류했다. 오후부터 눈이 온다더니, 경부고속도로에 들어서자 목화송이 같은 함박눈이 펑펑 쏟아졌다. 앞이 보이지 않을 정도로 눈발이 거세져 5차선 도로는 주차장처럼 막혀 버렸다. 시속 15km도 못 내니 마치 굼벵이가 기어가는 듯 답답하다. 좌우로 꽉 막힌 차량들은 마치 달팽이처럼 더디게 굴러간다.

오랫동안 정체 상태로 거북이걸음을 하던 고속도로는 안산에 들어서며 눈발이 잦아들자, 서서히 속도를 내기 시작했다. 갑갑하던 가슴이 뻥 뚫리며, 산과 들, 나뭇가지마다 내려앉은 백설이 눈부시게 아름답다. 밖이라면 아이들이 신나게 눈싸움을 했겠지만, 고속도로 위에 꼼짝 없이 5시간째 앉아 있는 손자 손녀는 몸을 뒤틀며 안절부절 못한다.

국도로 접어드니 눈은 내리지 않았다. 서둘러 주유소를 찾아가니 대형 마트가 있었다. 그곳에서 몸을 풀고, 아이들 간식과 저녁거리도 장만했다. 마치 해방된 기분이다. 군산을 지나 새만금 방조제를 달렸다. 날씨가 맑았다면 방조제 위에서 일몰을 감상할 수 있었겠지만, 안개가 자욱해 넘어가는 태양을 보지 못한 채 달려야 하니 아쉬움이 컸다.

새만금 방조제가 완공되며 가장 좋아진 점은 고군산도 일대가 육지와 연결되었다는 것이다. 예전엔 배를 타야 했던 섬들이 이제는 차로도 자유롭게 드나들 수 있어 섬 주민이나 관광객 모두 편해졌다. 우리도 장자교 스카이워크를 건너 선유도에 도착했다. 토요일 함박눈 덕에 세 시간이나 지체되어 어둠이 깔린 밤이 되어서야 도착했다. 먼저 도착해 있던 아들네와 함께 식당에서 회 정식을 먹고 리조트에 들어가 피로를 풀었다.

일요일 아침, 아이들은 늦잠을 자겠단다. 인구 500여 명이 사는 작은 섬 선유도. 아이들은 정오가 되어서야 일어나 점심을 먹고 바닷가로 나갔다. 이곳은 밀물과 썰물이 있음에도 불구하고 고운 모래사장이 펼쳐진다. 여름에는 해수욕을 즐기기 좋은 장소다. 넓은 해변에는 대형 참게 조형물이 놓여 있고, 등대보다 높은 건물이 있어 가까이 가 보니 '선유 스카이썬라인'을 타는 곳이었다.

여름엔 해수욕과 즐길 놀이가 많은데, 겨울엔 어두운 밤 폭죽놀이가 유일한 즐길 거리다. 저녁엔 리조트 5층 바비큐장에서 준비해 간 고기를 구워 먹었다. 아이들은 서로 시샘하며 웃고 떠들며 먹으니 신바람이 절로 난다. 맛있게 식사를 마치고 온 가족이 바다로 몰려가 폭죽놀이를 했다. 우중충한 날씨에 바닷바람은 매섭게 불어와 얼굴이 따가웠지만, 밤하늘 위로 터지는 불꽃은 아름다웠다. 쏘아 올리는 사람마다 불꽃이 각양각색 다르다. 불꽃 모양이 다양할 때마다 "와, 멋지다!" 짝짝, "예쁘다!" "아이고 아섭다!" 환호성이 끊이지 않았다. 불꽃에 심취해 시간 가는 줄 몰랐다.

선유도에서 떠오르는 해를 보려면 배를 타고 넓은 바다로 나가야 한다. 새벽 6시 30분, 약속한 시간에 매표소로 가니 관광버스 다섯 대에서 내린 사람들과 자가용 승객들로 북적였다. 예약 확인을 마치고 유람선에 올랐다. 새벽 7시, 유람선이 먹물을 풀어놓은 듯 칠흑 같은 바다 위를 가르며 항해를 시작했다. 하늘엔 희미한 별이 하나둘 나타나고, 눈썹 같은 달도 떠 있었다. 사흘 만에 맑은 하늘이 드러나 모두 기대에 찬 표정이다.

17분이 지나자, 어두운 밤바다 위로 여명이 펼쳐지기 시작한다. 연노랑 빛이 수평선을 타고 천천히 번져간다. 유람선은 망망대해 한가운데서 멈추었다. 사람들은 모두 뱃머리로 나와 수평선에 시선을 집중하고 붉은 태양이 떠오르기를 기다렸다. 예정된 일출시간은 7시 44분인데, "왜 안 뜨지?" "언제 뜨는 거야?" 바닷바람이 매서워 핸드폰을 쥔 손이 감각을 잃을 지경이다. 꽁꽁 얼어가는 사람들은 1초가 아쉬운 것 같다.

그 순간, 선장실에서 방송이 흘러나왔다, "아래를 보세요, 해가 떠오릅니다. 오늘 같은 해는 좀처럼 보기 어려운 아름다운 해입니다." 캄캄한 바다 속에서 핑크빛 태양이 눈썹만큼 떠오르더니, 이내 반 쟁반만큼 떠오르자 "와, 예쁘다!" 예뻐, "야! 아름답다!" 여기저기서 함성이 터졌다. 파도 위로 오른 태양은 철쭉꽃 같던 핑크빛에서 붉은 주황빛으로 변하며 용광로처럼 열을 품고 온 세상에 퍼졌다. 모두 넋을 잃은 듯 소원을 비는지 뱃머리가 조용했다.

우리는 해가 수평선 위에서 뜰 거라 생각하고 그곳만 집중하고 있었다. 선장의 안내 방송이 없었다면 눈썹 같은 아름다운 해를 놓칠 뻔했다. 아찔한 순간이다. 사람들의 소망을 바다에 띄우고, 우리는 선유도로 돌아와 늦은 아침을 먹은 뒤 각자의 집으로 출발했다.

돌아오는 길, 아름답던 태양은 이미 사라지고, 하늘엔 회색빛 구름이 낮게 드리웠다. 다른 해돋이 여행에서는 해를 보지 못하는 곳이 많다던데, 우리 가족은 황홀한 태양의 기운을 받는 행운을 누렸으니 얼마나 기쁜 일인가.

뱀이 허물을 벗으려면 눈과 입천장까지도 쓰리고 따가운 고통을 감내해야 한다고 한다. 나 또한 70대를 지나며 무서운 급발진 사고와 암이라는 고통을 겪었다. 그 고통을 이겨낸 지금, 황홀한 태양의 기운을 받은 이 시점에서, 80대는 청룡처럼 다시 용트림하며 살아보고 싶다.

삼척을 다녀와서

삼척에 있는 환선굴을 50대였을 때에 성당 자매들과 다녀왔었다. 그리고 종유석과 석순이 풍부하다는 황금 대금굴을 한번 보러 간다던 것이 다람쥐 쳇바퀴 돌 듯 바쁘게 살다 보니 까맣게 잊고 살았다. 그게 필연이었는지 삼척으로 문학 기행을 간다는 소리에 귀가 번쩍 띄였다.

그 삼척을 이십 년 만에 춘천 수필 회원들과 '강원의 향기를 찾아서' 라는 문학탐방으로 다시 찾았다. 연경 묘에 올라가 참배하고 내려와 강원 종합박물관에 도착했다. 점심 식사 후 박물관을 올라가려다 아름다운 종유석을 발견하고 그곳으로 발길을 옮겼다. 하늘엔 뭉게구름 떠 있고 푸른 숲과 정자 아래 화려한 종유석을 올려다보니 가슴이 벅차올랐다. 지난날이 떠올라서다.

40년 전 시어머님과 단양 팔경으로 관광을 갔었다. 고수동굴 안으로 들어가니 여러 모양의 아름다운 종유석과 석순을 바라볼 때마다 우리는 입을 다물지 못했다. 다양한 종유석이 반짝반짝 빛나는 것을 보며 '야~ 예쁘다. 진짜 예쁘다. 세상에 이런 신기한 곳도 있나? 어두운 굴 안에서 어떻게 이런 예쁜 돌이 생겨났다니! 어미야, 여기는 다른 세상 같구나.' 하시고 해맑게 웃으며 내 손을 잡고 '구경 잘했다, 고맙다.' 하시던 시어머니 얼굴이 떠올랐다.

그랬는데 이곳은 사람이 만들어 놓은 종유석이 진짜보다 더 아름답고 황홀하다. 바위와 골짜기를 만들어 물을 흘려보내는 것까지 관광객을 위해 많은 고심 끝에 완성한 작품이리라. 이곳을 찾는 사람들에게 대리 만족을 시켜 주려는 뜻이 마음에 닿았다. 시어머니가 보셨다면 '야 진짜 같구나, 어떻게 이리 똑 같으냐?' 하시며 많은 감탄을 하셨을 텐데…….

박물관 안으로 들어서며 웃음이 빵 터졌다. 진열장 안에는 아름다운 자수정과 반짝거리는 종유석의 다양한 실체를 볼 수 있어서다. 어떻게 대형 작품들을 여기까지 운반해 왔는지? 궁금하기도 했지만, 진열품들이 대단해서 입이 딱 벌어졌다. 불교의 반야심경, 석 동, 18 나한 보살 조각상과 12 지신, 천주교 유물과 기독교 유물, 잉카문명과 이집트, 러시아, 왕조의 유물들, 우리 탈과 이웃 나라의 탈들이 다양했다.

대형 나무뿌리에 삼국지 목공예라는 것에 눈이 갔다. 조각을 자세히 들여다보다 깜짝 놀랐다. 얼굴을 알지 못하지만 삼국지에 나오는 인물이 거의 있는 것 같았다. 말을 달려 전쟁하는 장수들과 무기들, 도성을 지키는 사람들, 원로들과 노인, 평민, 젊은이, 여인, 어린이, 술 마시는 사람들까지 41명이 조각되어 있다. 커다란 용과 용맹스러운 말, 나무들과 도성, 뿌리 안에 작은 공간을 빈틈없이 다양하게, 여러 모양을 조각칼로 깎아 다듬은 공예가의 솜씨가 훌륭해서 넋이 나간 듯 들여다보았다. 조각품에 매료된 탓일까! 시간이 없어 1층밖에 못 봐서 아쉬웠지만, 다음 목적지로 발길을 옮긴다.

  삼척 해신당 안에는 나무로 깎은 성기가 두름으로 엮어서 주렁주렁 걸려 있다. 전설에 의하면 애랑이라는 아가씨가 해초 작업을 나갔다. 거센 파도에 처녀는 바다에 빠져 죽었다. 이후 원혼 때문에 고기가 잡히지 않는다는 소문이 돌았다. 어느 날 한 어부가 고기가 잡히지 않자, 바다를 향해 오줌을 쌌더니 풍어를 이루어 돌아왔다. 이후 마을에서는 정월 대보름이면 향나무로 남근을 깎아서 사당에 걸고 제사를 지내는 풍습이 생겼다고 한다.

  해신당 공원은 수없이 많은 그것들이 장승이 되어 가로수처럼 길가에 늘어서 있다. 작은 공원엔 십이지신이 앉아있는 열두 개의 남근석과 말안장처럼 생긴 남근석을 바라보니 웃음보따리가 터졌다. 민망해서 차마 그곳 가까이는 못 가고 옆 방향에서 단체 사진을 찍고 계단으로 내려갔다.

  거대한 남근의 포신이 바다를 향해 있다. 바퀴가 달린 남근의 포신은 언제라도 목포를 향해서 공격할 자세를 하고 있다. 우리는 커다란 포신을 보면서 '어머나, 에구머니나!' 비명인지 탄성인지 알 수 없는 소리가 튀어나왔다. 누구의 아이디어인지? 뭇사람들의 구경거리가 될 만하겠다.

  아들을 좋아하던 우리나라의 남존 사상이 전통으로 내려오면서 우리의 관습에서 남근은 신앙의 대상이었다. 신남마을에서 민속으로 내려오는 남근제는 생활의 터전인 바다를 향한 풍어의 염원을 담고 있단다.

남근을 만들어 공원을 만든 뜻을 알 것 같았다. 하지만 어린이들을 데리고 가족이 오기엔 너무 많아 아이들한테 어른이 부끄러울 것 같았다. 삼척이 볼거리가 많은 줄 오늘 처음 알았다. 다시 오고 싶은 삼척이다.

공주와 예산을 가다

《춘천수필》에서 공주를 거쳐 예산으로 문학 여행을 떠났다. 수덕사는 삼십여 년 전, 친구들과 다녀갔었다. 오늘도 그 봄날의 기억을 따라 다시 수덕사를 찾았다. 세월은 흘렀어도 수덕사로 오르는 길가엔 여전히 기념품 가게와 소박한 식당들이 줄지어 서 있다.

입구에는 철쭉꽃이 흐드러지게 피어, 마치 그리움을 안고 나를 맞이하는 듯하다. 그중에서도 붉은 철쭉 한 그루, 유난히 고혹적이다. 꽃은 묵언의 미소로 지나가는 사람의 마음을 붙잡고, 모두 셔터를 눌러 추억을 담는다. 나 역시 한 장, 그 꽃을 가슴에 새겼다.

부처님 오신 날이 가까워서일까. 산문을 지나 절 마당까지, 수천의 연등이 하늘을 수놓는다. 바람결에 흔들리는 등불은, 저마다의 소원을 실어 불빛으로 흐르고, 산사의 맑은 공기는 졸린 눈을 뜨게 하며 마음마저 맑게 씻어 내렸다.

법당 안에는 절절한 기도를 품은 발걸음들이 고요히 머문 듯했다. 가족의 평안과 아픔의 해소, 감사와 회한이 뒤섞인 기도의 향이 은은히 퍼져 나오니 내 마음도 편안해졌다.

대웅전과 석가여래삼불좌상 앞에서 묵례하고, 칠층 석탑, 등 수덕사를 구석구석 둘러보았다. 오래된 범종과 장중한 큰북도 그대로인데, 새롭게 눈에 들어온 존재가 있었다. 바로, 둥근 배를 드러낸 채 해맑게 웃고 있는 '포대화상'이다. 아이들에게 둘러싸인 그의 형상은 마치 어머니의 품처럼 따뜻해 보이고, 어린 아기 웃음처럼 순했다.

사람들이 그의 곁에 모여 사진을 찍어, 나 역시 그 앞에서 따스한 봄볕과 함께 이 순간을 가슴에 담았다. 그리고 다시 수덕사를 내려오며, 마음속으로 빌었다. 이 평온함과 따뜻한 봄빛이 오래오래 내게 머물기를…….

우리는 추사 고택을 방문했다. 조심스레 들어가는 대문 앞에는, 아직 낯선 흙내가 남은 자리에 새로 옮겨 심은 붓꽃이 키를 세우며 피어나기 시작했다. 붓처럼 곧게 뻗은 그 꽃대가, 마치 추사의 붓끝에서 흘러나온 기운이라도 담은 듯 고결했다.

툇마루 앞에는 자주색 목단이 풍성히 피었다. 세월이 내려앉은 담장 아래, 그 화려함은 오히려 고택의 고요함을 더 깊이 감싸안는다. 기둥마다 걸린 현판과 주련엔 '추사체'가 남긴 문구들이 가득 있었다. 한 글자 한 글자, 살아 있는 듯한 붓놀림이 마음을 흔들었다. 그의 글은 단지 문장이 아니라, 마음과 숨결이 고요히 스민 시와 같았다.

김정희, 추사 박물관에는 제주 유배지에서 그린 세한도(歲寒圖) 복사본이 걸려 있었다. 거친 붓질과 단아한 필 획으로 그려진 집 한 채, 소나무와 잣나무 두 그루씩, 사계절 푸르름을 잃지 않는 절개와 인내,

그리고 사제 간의 깊은 정을 상징하는 듯했다.

첫 부분에 노송은 긴 가지가 축 늘어져 굽고 비틀어졌지만, 꺾기지 않은 기개를 지닌 듯 서 있다. 이는 혹독한 유배 생활 속에서도 붓을 놓지 않았던 추사의 충정과 절개의 표현 같고, 그 곁에 올곧은 소나무는 스승의 뜻을 받든 제자의 모습 같다. 두 그루 나란히 선 나무는 스승과 제자 사이에 오간 신의와 사랑은 그림 속 나무에 스며 있었다.

김정희는 권력과 벼슬보다 학문과 예술을 택한 선비였다. 고난을 예술로 승화시키고, 한 폭의 그림에 혼을 새겨 시대를 초월한 유산을 남긴 실학자였다. 유배지에서도 꺾이지 않았던 그분의 의지에 가슴이 뜨거워졌다. 나는 박물관을 나와 예당호로 향했다.

예산과 당진 사이, 푸르고 넓은 품을 간직한 예당호에 도착하자, 호수 너머로 길게 놓인 출렁다리가 가장 먼저 눈에 들어왔다. 길이 402미터, 폭은 1, 8미터 무려 3,150명이 동시에 건널 수 있다는 말에 나도 모르게 감탄사가 흘러나왔다. 사람들의 발걸음이 많아지니 다리는 살짝씩 흔들렸고, 그 출렁임은 마치 호수의 숨결을 함께 나누는 듯해 오히려 즐거웠다.

호수 중앙에는 주탑이 우뚝 솟아 있었다. 황새의 몸과 머리를 디자인했다는 주탑으로 나는 용기를 내어 올라가려고 했지만, 세찬 바람이 발목을 휘감고, 무릎은 조용히 항의의 신호를 보냈다. 결국, 중간에서 발걸음을 돌려 내려왔지만, 올려다보던 하늘과 탑의 실루엣은 오래도록 마음에 남았다.

다음으로 향했던 곳은 모노레일 탑승장. 평일인데도 긴 줄이 이어졌고, 한 번에 24명밖에 탈 수 없는 6량의 작은 열차는 마치 오래된 장

난감처럼 느리고 귀여웠다. 한 시간 넘게 기다린 끝에 우리 일행도 마침내 올라탔다. 젊은 시절 타던 쾌속열차처럼 빠르지는 않았지만, 레일을 따라 천천히 산을 오를 때는 하늘로 떠오르는 듯했고, 내려올 때는 서늘한 바람이 나를 감싸안았다.

　모노레일 양옆으로 펼쳐진 풍경은 동화 속 한 장면처럼 정겨웠다. 산에는 원숭이 인형이 나무에 매달려 있고, 고개 든 사슴들, 귀여운 반달곰 가족, 그리고 금방이라도 뛰쳐나올 듯한 호랑이까지, 사람의 손으로 만들었지만, 자연과 하나 되어 숨 쉬는 모습들이 귀여웠다.

　그 순간 나는 어린 시절로 되돌아가 순수한 웃음을 터뜨리고 있었다. 자연의 숨결과 사람의 손길이 어우러져 탄생한 이 풍경은, 마치 잃어버린 동심을 조용히 되살려 주는 선물 같았다.

▲ 예산 출렁다리에서

문학의 향기를 찾아

갑진년 새해를 맞아, 춘천수필문학회 회원들과 함께 걷기 행사가 있어 김유정 문학관에 모였다. 코로나 이후 몇 해 만에 다시 찾은 문학관은 한층 정돈되고 단정한 분위기였다. 전시관 내부는 깔끔하게 정리되어 있었고, 김유정의 생애가 검은 마천석에 하얀 글씨로 세밀히 새겨져 있어 더욱 인상 깊었다. 이해를 돕는 벽화 또한 정감 있게 잘 그려져 있다.

김유정 소설 33편과 수필 12편이 제목과 함께 등단 연도순으로 정리된 전시를 바라보니, 짧은 생에 속에서도 얼마나 많은 작품을 남겼는지 새삼 놀라웠다. 세상을 향한 그의 불타는 문학 혼 앞에 나도 모르게 고개가 숙여졌다.

한쪽에 전시된 편지 속 글귀가 발길을 붙잡는다. "닭 서른 마리, 살모사 구렁이 백여 마리를 삶아 먹고 다시 살아나겠다." 병마와 맞서 끝까지 살고자 했던 그의 절절한 희망이 담긴 글이다. 친구에게 보내 도움을 청하며 마지막 희망을 걸던 그 문장을 읽고 나니, 가슴이 저릿

하고 눈가가 절로 젖는다.

김유정은 명문가의 자손이었다. 조선 시대 왕비가 둘, 삼정승이 여러명, 청풍 부원군까지 있었다는 뿌리 깊은 가문, 양반집 할아버지가 의병들에게 군자금을 대주다 일본 경찰에 발각되어 화를 피해 서울 종로구 온의동 진골에 100간이 넘는 집을 사 이사를 했다.

왕실의 배려로 일본군의 눈을 피할 수 있었지만, 유정은 일곱 살에 어머니를 여의고 아홉 살에 아버지마저 잃는다. 재산은 모두 장자인 형에게 돌아가고, 그 많던 재산은 형의 방탕한 삶으로 탕진되어 집안은 풍비박산이 났다. 명문가의 후예, 친구와 누이들이 여럿이었지만 끝내 누구 하나 그의 손을 잡아주지 않았다는 현실이 더욱 마음 아프게 다가온다.

울적한 기분을 감추고 마당으로 나오니 김유정의 생가가 눈에 들어온다. 야외 공연장이 생기기 전, 작은 연못 옆 팔각정에서 공연하던 추억이 스크린처럼 스쳐 간다. 그때마다 생가의 안방이나 건넌방에서 예쁘게 분장하고 옷을 갈아입던 곳이다. 부엌에 정갈히 걸린 옛 주방 도구들의 소박한 정취가 오늘따라 더욱 정겹게 다가온다.

항상 말끔히 정리되어 있던 마당엔 며칠 전 내린 눈이 아직 녹지 않고 군데군데 잔설로 남아 있다. 음지에 쌓인 눈을 뽀드득뽀드득 밟으며 걷노라니, 어느새 지난날의 공연과 웃음소리가 귀가를 맴돈다.

늦게 나온 문인과 함께 실레마을 토담 길을 걷다 만난 동백나무 한 그루, 따사로운 햇살을 받아 봄마중 나온 듯, 갈색 솜털 한 자락 치켜들고는 꽃망울이 배시시 웃고 있다. 봄은 아직 멀었건만, 먼저 피어난 그 미소가 귀여워 핸드폰에 담았다.

김유정 문학촌장으로 문학관을 위해 많은 일을 하였고, 유정의 사랑 창작 판소리 노랫말을 쓰신 전상국 선생의 사저인 문학의 뜰을 찾았다. 올라가는 길에 눈이 펄펄 쏟아져 마당에는 하얗게 쌓여 있었다. 출입구를 들어서자, 넓은 실내 진열장은 작가들의 책으로 빼곡히 채워져 있어 보기 좋았다. 전상국 소설가는 김유정 문학관을 위해 마치 머슴처럼 일했다는 열정 어린 해설을 듣고, 우리는 지하로 내려갔다.

그곳은 전상국 개인 도서실이었다. 입구 벽에는 신문에 실렸던 기사들이 정성스럽게 정리되어 있었고, 소설이 영화나 드라마로 방영된 작품은 영상으로 제작되어 버튼 하나만 누르면 빠르게 감상할 수 있었다. 소설의 줄거리는 철판에 요약해 두어 언제든 꺼내 읽기 편하게 되어 있었다. 그동안 발간한 책들과 수상 패는 안쪽 진열대에 전시되어 있었고, 벽면에는 유명한 스승들의 사진과 개별 책꽂이도 마련되어 있어 감동을 더 했다.

춘천고등학교 재학 시절, 담임 선생님은 "너는 어휘력과 문장력이 젬병이니 글은 쓰지 마라"라고 했다고 한다. 그 말을 가슴에 새기고 오히려 더욱 노력해 지금의 작가가 되었다는 솔직한 고백에 모두 웃음을 터뜨렸다. 선생님은 "글 쓰기의 즐거움은 언어와 문장력을 키우는 데 있다. 그러다 보면 내용은 자연히 따라온다"라고 말씀하셨다.

또한 부인은 65권의 가계부를 써가며, 택시 한 번 타지 않고 절약해 현재의 문학관 신축을 이뤘다는 이야기는 듣는 이의 가슴을 뭉클하게 했다. 오늘 찾은 문학의 뜰은 여느 도서관과 달리 세심하게 꾸며져 있어, 오랫동안 기억에 남을 것이다.

눈이 펑펑 쏟아지는 길을 내려와 두부전골로 따뜻한 점심을 나눴다.

이후 회원들은 승용차로 이동해 무인 카페에 들렀다. 창밖에 쏟아지는 하얀 눈꽃과 이야기꽃이 어우러져 카페라테도 최고의 맛을 내어 하하 호호 웃음꽃이 활짝 핀 나들이였다.

성지순례, 이집트

황홀한 햇살이 노란 은행잎을 어깨 위로 흩날리던 날, 나는 파킨슨 증후군을 앓던 남편을 4년간 간호하다가 장출혈로 진홍색 피를 바가지째 쏟고 병원에 열흘간 입원하게 되었다. 의사는 스트레스로 인한 출혈이라며 당분간 안정을 취하라고 했다. 그 말을 들은 작은아들은 엄마가 걱정되어, 아버지를 앰뷸런스로 자신이 근무하는 병원으로 모셔갔다.

하지만 남편은 하루에도 서른 번쯤 핸드폰을 눌렀다.

"여보, 나 집에 데려가 줘." 그의 목소리는 힘이 없고 애잔했다.

'빈 둥지 증후군'이란 말이 이런 때를 두고 하는 말일까, 나 역시 불안과 공허 속에서 밤잠을 이루지 못했고, 밥맛도 완전히 사라졌다. 친구들이 찾아와 맛있는 음식을 먹으러 가자 해도 마음이 북받쳐 눈물이 터져, 외출조차 할 수 없었다.

그때였다. 성당 신부님과 교우들이 성지순례를 간다는 소식을 들었다. 나는 지친 영혼의 탈출구를 찾아, 그 여정에 조용히 합류했다.

2013년 2월 19일 밤 11시 55분, 인천공항을 출발한 비행기는 다음 날 오전 9시경 이집트의 수도 카이로에 도착했다. 나일강의 축복 속에 세워진 고도(古都), 인구 1,200만 명이 넘는 대도시 카이로는 옛것과 새것이 공존하는 거리 곳곳에서 살아 숨 쉬는 역사의 향기가 느껴졌다.

　첫 일정은 성 마리아 곱튼 성당 지하였다. 헤롯 왕의 박해를 피해 요셉과 성모 마리아, 아기 예수가 머물렀다는 작은 동굴에 앉아 기도를 드리는 순간, 가슴 깊은 곳에서 뭉클한 감정이 솟구쳤다. 어두운 조명과 고대 벽돌이 주는 신비함, 그리고 벽에 남아있는 성화와 벽화들은 오랜 세월의 숨결을 머금은 채 교우들의 묵상에 깊이를 더해 주었다. 성당 돔 위에 세 개의 십자가는 피난 온 예수의 가족 세 분을 상징한다는 설명도 마음에 깊은 울림을 주었다.

　다음으로 향한 곳은 사막 고원 위에 우뚝 솟은 피라미드 세 기, TV에서만 보던 쿠프, 카프라. 멘카우라 왕의 피라미드를 실제로 마주하니 하늘을 찌를 듯했다. 사후 세계에서 태양신이 되어 영원히 살고자 했던 파라오들은, 살갗을 태울 듯한 뜨거운 태양 아래서도 시신을 보존할 방법을 고민하다. 돌을 켜켜이 쌓아 올려 거대한 돌산을 만들었을 것이다.

　4,700년 전, 중장비 하나 없이 인간의 손으로 지어진 것이라기엔 믿기 어려웠다. 돌 하나하나가 높이 70cm가 넘는 돌들을 200단 이상 쌓아 올린 거대한 돌산은, 인간의 의지와 노동이 빚어낸 경이로움 그 자체였다.

　피라미드는 기원전 2686~2181년 사이, 제3왕조부터 6왕조에 걸쳐 건설되었다. 현재까지 발굴된 피라미드는 118기에 이르며, 현존 상태를 유지하는 것은 약 40기, 외형이 뚜렷하게 남아 있는 것은 10기 정도라고 한다.

오랜 세월을 견뎌낸 이 거대한 돌탑 앞에 서자. 옛사람들의 지혜와 기술력에 감탄이 절로 나왔다. 신부님과 몇몇 교우들이 피라미드 앞에서 사진을 찍었다, 거대한 석탑 아래에서 우리는 마치 작은 인형처럼 보였다. 그 모습이 우스워 모두 한바탕 웃음을 터뜨렸다.

피라미드 인근에는 신화 속 존재, 사람의 얼굴과 사자의 몸을 지닌 '스핑크스'가 있었다. 얼굴만 4~5미터, 높이 20미터, 길이 약 80미터에 이르는 거대한 조각상은 당시 왕의 얼굴을 본떴다고 한다. 몸의 앞부분은 사자, 뒷부분은 황소, 등에는 독수리의 날개가 달려있는 듯한 형상은 상상력과 고대 이집트의 지혜가 결합된 예술품 같았다. 이집트어로 '살아있는 형상'이라 불린단다. 나는 말없이 그 앞에 서서 깊은 경외심에 잠겼다.

다음날, 우리는 모세가 십계명을 받은 시나이산을 향했다. 사막과 바다가 맞닿은 엘림(Elim)에 도착하자, 예수께서 머물렀다고 전해지는 우물 곁에 나무 몇 그루가 서 있었다.

사막 한가운데에 우물이 있다는 사실만으로도 기적처럼 느껴졌고, 그곳에서 드린 미사는 더욱 의미 깊었다. 바람이 제대 보를 살며시 흔드는 동안, 우리는 물은 마시지 않았지만 '생명의 빵을 먹고 말씀'을 가슴에 가득 담았다. 모래 위에 남겨진 예수님의 발자국이 아직도 살아 숨 쉬는 듯했다.

광야는 몇 개의 오아시스를 제외하고는 풀 한 포기, 나무 한 그루 없는 황폐한 불모지였다. 층암절벽과 낭떠러지, 우뚝 솟은 바위 암석으로 이어진 삭막한 길을 온종일 달려 붉은 해가 질 무렵에 숙소에 도착했다. 그곳은 다섯 층짜리 아파트 형식의 숙소로. 수영장까지 갖춘 특별한 공간이었다.

밤이 되자 대부분의 일행은 성경 속 모세의 발자취를 따라 산을 오르기로 했다. 나는 무릎 통증으로 오르지 못했지만, 마음은 누구보다도 깊은 감동으로 시나이산 정상을 그렸다. "비록 발로는 오르지 못했지만…" 내 마음은 하느님을 향해 한 계단 한 계단 오르고 있었다.

▲ 이집트 성지순례에서

성지순례, 이스라엘

까다로운 이집트 검문을 통과해 이스라엘 국경을 넘어섰다. 우리가 가장 먼저 도착한 곳은 사해였다. 해면보다 398미터 낮은 지대에 자리한 길이 76km 넓이 1,020km에 달하는 거대한 호수였다. 팔레스타인의 강과 계곡의 물줄기가 모두 모이는 이곳은, 강렬한 태양 아래 끊임없이 증발하여 염분 농도는 27~33%. 생명이 살 수 없는 죽음의 바다란다,

사람들이 물속에 들어가 있는 걸 보며 수영에 자신이 있었던 나는 아무 망설임 없이 물에 뛰어들었다. 그런데 몸이 너무 가볍게 둥둥 떠올라 깜짝 놀랐다. 그래도 세계에서 가장 큰 천연 스파 침대에 누운 것처럼 편안했다. 푸른 하늘에 하얀 뭉게구름이 유유히 흘러가는 모습을 보는 기쁨은 말로 표현할 수 없는 즐거움이었다.

그런데 자유형을 시도하려다. 몸이 뒤집히지 않아 허우적댔다. 다리로 일어서려 해도 중심이 잡히지 않아 갑자기 겁이 덜컥 났다. 수영은 포기하고, 결국 한 팔로 노를 젓듯 물살을 가르며 얕은 물가로 빠져나

왔다. 아찔한 순간이었다.

가이드가 광물질이 풍부한 검은 머드가 피부에 좋다며, 전신에 발라보라고 권했다. 반신반의하면서도 언제 다시 이곳에 오겠는가, 하는 마음으로, 먼저 손등에 살짝 발라보았다. 매끄럽게 미끄러지는 촉감에 용기가 나 얼굴이며 팔, 다리까지 진흙 옷을 입은 우리는, 검게 물든 서로의 모습을 바라보며 한바탕 웃음을 터뜨렸다. 해수욕장처럼 잘 갖춰진 샤워실에서 말끔히 씻어냈다.

피부는 마치 영양제를 바른 듯 생기 넘쳤고 촉감도 매끄러웠다. 호수 건너편의 펜션은 피부병 환자들이 장기 요양하는 곳이라 했다. 죽음의 바다가 화장품 원료가 되고 관광 자원이 되는 시대가 된 것이다.

"야훼의 계약 궤를 멘 사제들이 요르단강 한복판 마른땅에 서 있는 동안, 온 이스라엘이 마른땅을 밟고 건너 결국 온 겨레가 다 요르단강을 건넜다." (여호수아 3:17)

성경 속에서 웅장하게 흐르던 요르단강을 기대했건만, 눈앞에 펼쳐진 것은 실개천 같은 물줄기였다. 예수님께서 요한에게 세례를 받으셨다는 그 자리에 서자, 나는 양말과 운동화를 벗고 바짓자락을 걷어 올렸다. 그리고 조심스레 물속으로 발을 들였다. 2월의 찬물이 무릎에 닿자, 발끝부터 퍼지는 시린 감각이 올라왔다. 그 모습을 본 교우들이 의아한 눈빛을 보내기에, "예수님의 세례를 직접 체험해 보고 싶어서예요," 그 말에 하나둘, 망설이던 발걸음이 뒤따라 들어와 요르단강 물속에 서 있었다.

이스라엘은 면적으로 보면 우리 강원도만큼이나 작지만, 하느님께서 선택하신 거룩한 땅이다. 영보 성당은 천사 가브리엘이 마리아에게 아기 예수의 잉태를 알렸던 곳이다. 예수님 탄생과 공생활을 시작하게 하신 곳, 벽에는 "말씀이 여기서 사람이 되었다."라고 쓰여 있다.

베들레헴의 예수 탄생 성당은 십자가형 지붕이 인상적이며, 성당 내부에는 예수님께서 탄생하신 자리를 표시한 은빛 별이 박혀 있다. 전 세계에서 온 순례자들은 그 별 앞에 무릎을 꿇고 조용히 입을 맞추며, 간절한 기도를 올린다. 우리도 그 자리에서 무릎을 꿇고, 숨소리마저 아끼며 깊은 기도를 드렸다. 침묵으로 별을 바라보는 내 마음속에서 하느님의 숨결을 느낄 수 있었다.

가나 혼인 잔치 성당은 예수님께서 물을 포도주로 바꾸신 기적이 일어난 곳이다. 이곳에서는 신부님이 죽림동 교우 4쌍의 부부들에게 혼인 갱신 성사를 주었다. 혼배 반지를 끼워주며 축복해 주셨고, 우리 모두도 축하의 박수를 보냈다.

겟세마네 올리브산에 올랐다. 이곳은 예수께서 죽음을 앞두고 고뇌하며 무릎 꿇고 성부께 기도하시던 곳이자, 유다의 배신으로 체포되셨고 부활 후 승천하신 장소다. 예수께서 겪으셨던 고통을 떠올리며 만감이 교차되었다. 산 아래에는 예수님의 체취가 담긴 자리에 '고뇌의 성당'이 세워져 있다. 그보다 조금 더 가면 16개국이 힘을 모아 1919년~1924년 6월 완성한 '만국 성당'이 나온다. 외벽의 황금빛 모자이크가 아름답고, 내부는 별빛 같은 천장이 차분하고 경건한 분위기다.

'주님 기도문 기념성당' 옆에는 가르멜 수녀원이 있고, 지하 동굴은 예수께서 제자들에게 주님의 기도를 가르치신 장소로 전해지는 곳이다. 회랑 벽에는 세계 80여 개국의 기도문들이 걸려 있었고, 그중 낯익은 한글로 된 '주님 기도문'을 마주했을 때 그것이 부산교구에서 기증한 것임을 알고 반가움과 벅찬 감동에 마음이 뭉클해졌다.

'최후의 만찬 다락방'에서는 지금도 고난주간 성 목요일이면 여러 교파의 성직자들이 모여 교회의 일치를 위해 기도한다고 한다. 그날의 기도가 현실이 되기를 나 역시 간절히 빌었다. 이 외에도 산상수훈(진복팔단), '빵의 기적' 등 성서에 기록된 많은 성지를 방문하며 말로 표현할 수 없는 기쁨과 행복을 느꼈다.

십자가의 길은 참배객이 많아 우리는 새벽 5시에 올랐다. 빌라도 법정에서 '예수께서 사형선고받으신' 1처부터 14처 언덕까지, 십자가의 길 기도문을 낭송하며 걸었다. 예수님께서 십자가를 지고 걸으신 길을 직접 체험하니 감개무량했다. 내려오는 길, 젊은 청년들이 큰 나무 십자가를 짊어지고 올라가는 모습을 보며 내 눈엔 이슬이 맺히고, 입가엔 잔잔한 미소가 피어올랐다.

예루살렘 성문 중 가장 화려하다는 다마스쿠스 돌문을 통과하여 성 안으로 들어섰다. 낯선 듯 낯익은 그 땅은 서로 다른 종파의 교회들이 한 성안에 공존하는 풍경이 의아했다. 전쟁마다 주인이 바뀌며, 그에 따라 이름도 바뀌었다고 했다.

"예루살렘아! 예루살렘아! 너는 예언자들을 죽이고, 하느님께서 보내신 사람들을 돌로 치는구나, 암탉이 병아리를 날개 아래 모으듯, 내가 몇 번이나 너희 자녀들을 모으려 하였더냐. 그러나 너는 응하지 않았다." 성서의 말씀이 귓가에 울렸다. 정말 그 말대로 이루어진 것 같았다.

다윗이 수도를 정한 이후, 예루살렘은 서른여섯 번이나 전쟁에 함락

되었고, 그때마다. 점령지의 이름이 스무 번은 넘게 바뀌었다. 지금의 성채는 1537년 오스만 제국 당시 재건된 것이라 한다. 금요일은 이슬람 성일, 토요일은 유대교 안식일, 그리고 일요일은 기독교의 주일로, 각 종교의 의식은 엄격하게 지켜지고 있단다.

하지만 성안의 종교들은 종파의 우월성을 주장하며 타 종교에 적대감을 표출하다 보면, 예루살렘은 언제나 중동의 화약고로 남아 있을 이미지가 물씬 풍긴다. 하느님 말씀을 거역한 조상들의 죗값을 후손들이 얼마나 더 고통을 받아야 진노를 풀어주실까.

예루살렘 성 중심에 우뚝 서 있는 통곡의 벽, 내 키의 열 배는 족히 넘는 거대한 돌벽은 유대 민족의 상처와 신앙을 고스란히 품고 있었다. 1967년 전쟁에서 승리한 날, 이스라엘 병사들이 그 거친 벽을 어루만지며 한없이 흐느껴 울었다는 이야기를 들었다.

지금도 전 세계에 흩어진 유대인들은 해마다 한 번씩 이곳을 찾아온단다. 아이들부터 지팡이에 몸을 의지한 노인까지, 벽을 어루만지며 간절한 기도를 드린다. 그들의 마음을 담은 기도문은 조심스레 쪽지에 적어 벽 틈에 꽂혀있다. 통곡의 벽은 단지 유적이 아니었다. 유대인의 신앙과 정신을 지켜주는, 그들의 살아 있는 성소였다. 나 역시 두 손을 벽에 얹고, 이스라엘에 평화가 깃들기를 조용히 기도했다.

그러나 그 땅은 여전히 전쟁의 그림자를 안고 있었다, 경계선에 서 있는 이스라엘 남녀 군인들과 눈이 마주쳤다. 고등학생처럼 앳된 얼굴엔 밝은 미소 대신 그늘이 드리워 있어 마음이 저렸다.

"저 아이들, 모두 군인이에요?" 가이드가 고개를 끄덕이며 말했다.

"네, 대학에 합격한 후 먼저 군 복무를 마친 뒤 복학합니다. 전쟁이

나면 해외에 있어도 곧장 귀국해요, 이들에게 조국은 가장 큰 자부심이니까요."

그 말을 듣는 순간, 나는 가슴이 뭉클해졌다. 강원도만 한 작은 나라에서 조국을 위해 살아가는 이들의 숭고한 책임감과 뜨거운 애국심 앞에 고개가 저절로 숙여졌다. 그리고 자유의 땅 대한민국에 태어나게 해주신 하느님께 마음 깊이 감사드렸다.

이번 성지순례는 단순한 여행이 아니었다. 병든 육신과 남편과의 이별로 아팠던 마음을 모두 내려놓고, 말씀의 길을 따라 걷는 동안 나는 새 힘을 얻었다. 고통의 밤을 지나 성지의 흙을 밟으며, 삶의 의미가 내 안에 새롭게 태어났다.

▲ 이스라엘 예수 탄생 성당

성 칼리스토 카타콤베에서의 회상

　높이 솟은 상록수들이 은은한 향기를 흩날리는 진입로를 따라 걷는다. 23년 전 처음 발을 디뎠던 그 길 위에서, 다시금 설레는 마음이 인다. 무엇이 변해 있을까? 조심스레 입구에 다가가니, 주변은 한결 깔끔하고 정돈된 모습이다. 무덤으로 들어서니 계단 입구 벽면에 이곳에서 발굴된 유물 몇 점이 전시되어 있었다. 지하로 내려가는 통로에는 여전히 좌우로 빈 무덤들이 층층이 들어서 있다. 그 모습은 마치 영혼의 통로처럼 고요하고 엄숙하다.

　로마 인근에는 총 45개의 지하 공동묘지가 있고, 총길이는 약 900km에 이른다고 한다. 300년 박해의 세월 동안 무려 600만 명의 신자가 이곳에 안장되었다니, 그 신앙의 깊이를 어찌 헤아릴 수 있을까? 땅속에서조차 하느님을 향한 불굴의 믿음을 불태운 이들은, 검과 창을 피해 이곳에서 안식을 찾았다.

　그중에서도 성 칼리스토 카타콤베는 가장 크고 유명하다. 지하 5층, 깊이 10m 이상, 폭 1m 남짓한 좁은 통로는 개미집처럼 여러 층으로 얽혀 있으며, 묘역 면적만도 4만 5천 평에 달한다. 바닥을 이루는 사암과 용암의 혼합토는 부드러운 느낌을 주는데 공기와 만나면 굳어져, 묘지로는 더없이 적합하다고 한다. 어른 무덤과 아이 무덤은 크기로 구분할 수 있었고, 특히 당시 아이들은 병과 열악한 환경 탓에 더 쉽게 목숨을 잃었다고 한다.

지하무덤은 미로처럼 얽혀 있어서 자칫하면 길을 잃기 십상이다. 1995년 성당 자매들과 함께 이곳을 방문했을 때 들은 이야기가 아직도 생생하다. 일본의 고고학자가 이곳에서 조사를 하던 중 길을 잃어 출구를 찾지 못해 헤매다가 결국 몇 달이 지나서야 그의 시신이 발견되었다고 했다. 그 소식을 들었을 때, 등골이 서늘해지고 머리카락이 곤두섰다. 그 사건 이후로 대부분 통로는 폐쇄되고, 일부만 일반에게 공개하게 되었다던 가이드 말이 생각났다.

박해 시대, 지하로 숨어든 신자들은 들키지 않기 위해 지상에서 좁은 구멍 뚫어, 줄을 이용해 식량과 필요한 물품을 주고받았다. 어디쯤인지 기억은 가물가물하지만, 그 구멍을 통해 내려오던 희미한 빛과 줄에 매달린 그릇을 떠올리면, 그들의 생존 의지가 얼마나 절박했는지 느껴졌었다.

이번 순례는 많은 인파 속에서 세세히 둘러볼 틈이 없었다. 사람들의 발길에 밀려 무덤을 스치듯 보며 지나가야 했던 아쉬움이 남는다. 양옆 통로에 칸칸이 파놓은 직사각형 구멍들은 평신도들의 무덤이고, 석관 무덤은 교황이나 순교자들의 안식처로, 넓은 공간은 교회로도 사용되었다 한다.

가장 인상 깊었던 것은 성녀 세실리아 조각상이었다. 오른쪽 어깨를

땅에 댄 채 옆으로 누워 있는 모습, 목에는 도끼 자국이 뚜렷하다. 죽는 순간에도 오른손 세 손가락으로 삼위일체를 드러내고 있었다. 세실리아는 뜨거운 수증기에도, 도끼로 세 번의 내리침에도 죽지 않고 사흘 동안 목숨을 이어갔다. 그 시간 동안 자신의 집을 교회로 봉헌했다.

821년 교황 파스칼 1세가 성녀 세실리아의 관을 열어, 유해를 확인하니 순교한 지 천 년이 가깝도록 시신은 마치 잠든 듯한 모습으로 온전히 보존되어 있었단다. 그래서 마데르노가 그 모습을 스케치해 이곳에 조각상으로 재현해 놓았다고 한다. 성녀께서 삼위일체에 대한 강한 믿음이 거룩하신 하느님의 영광이 그녀를 통해 드러난 듯하다.

종교의 핍박을 피해 그리스도 교인들이 지하에 내려온 것은, 로마법상 묘지를 함부로 침범할 수 없는 성역으로 간주했기 때문이다. 어둡고 메케한 굴속에서, 산 자와 죽은 자가 한 공간에서 호흡을 함께하며 살아갔다. 흙냄새와 시신 썩는 냄새를 견디며, 별처럼 많았던 교우들이 300년간 세대를 이어가며 두더지처럼 이 땅속에서 살아냈다. 과연 그들은 자신을 살아있는 생명이라 여겼을까? 아니면 하느님만을 향한 믿음으로 자신을 불사른 것일까?

그 숭고한 신앙 앞에 절로 머리를 숙였다. 눈시울이 뜨거워지고, 가슴 한편이 저려왔다.

하느님 그들에게 영원한 안식을 허락하소서.

콜로세움의 침묵

어느 화창한 봄날, 따스한 햇살이 온몸을 감싸안았다. 식곤증에 눈꺼풀이 자꾸 내려앉고, 졸음을 참지 못해 꾸벅꾸벅 졸다가 침까지 흘렸다. 깜짝 놀라 입가를 훔친 순간, 우리 일행을 태운 버스가 멈춰 선 곳은 뼈대만 앙상하게 남은 폐허의 3층 건물 앞이었다.

'다 무너진 건물을 뭘 보라는 거지?'

못마땅한 마음에 눈살이 찌푸려졌지만, 발걸음은 자연스레 건물 안으로 향했다. 바닥은 사라지고, 미로처럼 얽힌 넓은 지하 구조물만이 눈앞에 펼쳐있었다.

안내자의 설명에 따르면, 이곳은 과거 노예들의 숙소였으며, 다른 공간은 검투사들의 휴식처와 맹수들이 머물던 공간이었다고 했다. 지하 공간이 이토록 넓고 깊을 줄은 상상도 못 했다.

그제야 영화 속 장면이 떠올랐다. 왕과 귀족들이 높은 관람석에서 검투사들이 맹수와 목숨을 건 사투를 벌이는 모습을 내려다보던 그 장면, 정신이 번쩍 들었다. "이곳이 바로 2,000년 전 고대 로마의 콜로

세움이구나."

콜로세움은 AD 72년, 플라비우스 왕조의 베스파시아누스 황제가 착공하여 아들 티투스 황제 때인 80년에 완공된 로마 최대의 원형 경기장이다, 높이 48미터, 둘레 527미터, 건물은 석재와 콘크리트로 지어진 이 거대한 구조물은 관람석이 부드러운 경사로 배치되어 있다.

층마다 건축양식도 달랐다. 1층은 소박한 기둥들이 묵직한 존재감을 드러내는 도리아식으로, 2층은 우아한 곡선에 세련된 장식이 특징인 이오니아식으로, 3층은 장식이 화려한 코린트식으로, 이처럼 층마다 건축 양식에 변화를 준 것은 단지 미적인 조화만은 아니란다. 앉을 수 있는 자리가 곧 신분의 표시였던 시절, 건축도 그 위계가 반영되었던 것이다.

80여 개의 아치형 출입구를 통해 단 15분 만에 5만 명의 관중이 다 빠져나갈 수 있도록 설계되었다니, 고대 로마의 건축술은 그저 놀라울 따름이다. 지금까지도 일부는 무너졌지만 여전히 웅장한 모습을 유지하고 있다는 점에서 '불가사의'라 불릴만하다. 그러나 그 화려함 속에 감춰진 피의 역사는 우리를 숙연하게 만들었다.

검투사들의 경기는 단순한 놀이나 서커스가 아니었다. 채점과 점수로 승패를 가리는 스포츠가 아니라. 실제 생과 사를 넘나드는 처절한 싸움이었다. 선혈이 뿜어지고, 뼈가 으스러지며, 내장이 터져 나오는 광경을 군중들은 환호로 반겼다.

특히, 이곳은 기독교인들이 사자와 같은 맹수의 먹잇감으로 던져졌던 참극의 현장이었다. 오랜 세월 신앙을 이유로 고통받으며 죽어간 수많은 순교자의 피가 스며든 땅이라니, 온몸에 소름이 돋았다. 도대체 왜, 그들은 그런 잔혹한 취미를 가졌던 것일까, 내 이성으로는 도저히 이해할 수 없는 일이었다.

다행히 우리가 방문했을 때, 이 폐허의 중심에 십자가 하나가 높이 걸려 있었다. 교황님께서는 매년 고난주간이면 이곳을 직접 찾아오셔서, 손수 십자가를 메고 '십자가의 길' 전례를 집전하신다고 한다. 피비린내 가득하던 그 옛날, 고귀한 희생의 뜻을 기억해 주는 분이 계신다는 사실이 얼마나 고맙고도 거룩한 일인지 모르겠다.

늦었지만, 교황님의 기도가 하늘에 닿아 고통스럽게 돌아가신 이들이 영원한 안식을 누리기를 간절히 바라며, 나는 그날 말없이 오래도록 그 자리에 서 있었다. 무너진 돌기둥 사이로 스며드는 바람은 그들의 마지막 숨결처럼 느껴졌고, 가슴 깊은 곳에서 조용히 무언가가 울컥 솟구쳐 올랐다.

로마에서는 아름다운 성당들만 순례하다가 처음 이곳에 왔을 땐, 마음에 크게 와닿는 것이 없었다. 수많은 순교자의 피가 흐른 자리에 내가 서 있다는 사실이 가슴을 묘하게 울렸고, 슬픔과 경외심이 뒤섞인 감정이 나를 감싸안았다.

장롱 속에서 오랫동안 잠자고 있던 수첩을 꺼내 펼쳐 보니, 그날의 기억들이 생생하게 되살아난다. 시간은 흘렀고 기억은 희미해졌지만, 마음 한편엔 여전히 선명히 남아있다. 무너진 돌벽 틈 사이로 비치던 햇살, 싸늘했던 지하의 공기, 그리고 그곳에서 느꼈던 깊은 슬픔이 시간의 강을 건너 다시금 내 마음을 두드린다.

나는 인간의 잔혹함보다도, 그 잔혹함 속에서 꺾이지 않았던 믿음의 위대함을 새삼 깨달았다. 그리고 그 믿음은 지금도, 우리 안에서 조용히 숨 쉬고 있음을 느꼈다.

파리와 노트르담 대성당

성당 자매들과 함께 파리 여행을 떠났던 기억이 새롭다. 시내로 들어서는 초입, 개선문 앞에서 우리는 버스를 내렸다. 높고 새하얀 개선문은 프랑스 대혁명 이후 나폴레옹 1세 시기에 걸쳐 치러진 128차례의 전쟁에서 활약한 558명의 장군 이름이 새겨져 있었다. 승전의 기념비 앞에 서 있었지만, 그 웅장함보다 먼저, 고귀한 생명이 사라진 전쟁의 아픔이 가슴을 파고들었다. 어느 나라든 아픈 역사를 딛고 나라가 세워지는 법. 개선문을 올려다보며, 다시는 전쟁이 재발하지 않기를 간절히 기도했다.

이윽고 우리는 노트르담 대성당으로 향했다. 1163년, 파리 교구장 "모리스 드 쉴리" 주교가 초석을 놓은 이래 180여 년의 세월을 거쳐 완공된 이 성당은, 고딕 양식의 정수라 할 만큼 압도적인 규모와 아름다움을 자랑했다. 높이 69m의 종탑과 섬세한 조각이 어우러진 외관, 정면의 문 3개가 아치형 문틀마다 조각된 수많은 성인의 모습은 경외심을 불러일으켰다. 내부는 어두웠지만, 성상과 조각 하나하나에 담긴 정성과 예술성은 감탄을 자아냈다.

사진 촬영이 금지되어 있어, 제대 앞에서 조용히 기도를 올리던 중, 불현듯 '노트르담의 꼽추' 콰지모도가 종을 치던 그 장면이 떠올랐다. 충동적으로 일행에게 들키지 않게 계단을 따라 3층까지 올라갔다. 사람이 드문 공간에서 마주한 종은 영화 속과는 다른 묘한 서글픔을 안겨주었다. 이내 일행이 나를 찾을까? 서둘러 계단을 내려왔다.

성당 뒤편으로 나가니, 지붕 아래 아치형 기둥들과 첨탑이 햇살 속에서 찬란하게 조화를 이루고 있었다. 넓은 정원의 벤치엔 노인들이 앉아 담소를 나누고, 옆으로는 세느강이 유유히 흐른다. 강을 따라 지나던 유람선에서 사람들이 손을 흔들자, 우리도 손을 흔들며 화답했다. 파리에서의 아름다운 추억은 그렇게 차곡차곡 쌓여갔다.

저녁 여섯 시, 에펠탑이 황금빛 조명으로 환하게 밝혀지자 파리의 밤은 새로운 장관을 선사했다. 엘리베이터를 타고 꼭대기에 오르니 파리 시내가 한눈에 펼쳐졌다. 센강은 시내를 감돌며 흐르고, 강변을 따라 이어진 고풍스러운 5층 건물들이 일직선으로 줄지어 있었다. 대리석으로 지어진 이 건물들은 프랑스만의 독특한 건축미를 보여주고 있었다. 1889년, 에펠이라는 기술자가 세운 이 탑은 높이 300미터에 송신탑까지 더해져 지금은 파리의 자랑이자, 관광 수입의 20%를 책임지는 명소가 되었단다. 밤하늘의 별빛과 어우러진 에펠탑은 더욱 환상적이었다.

센강 유람선 '바토 무슈'에 몸을 실었다. 밤이 되자 강변의 건물들은 화려한 네온 조명으로 빛났고, 우리는 감탄을 연발했다. 200년이 넘은 건물들이지만, 전통 보존을 위해 외형을 함부로 고칠 수 없다고 했다. 서울의 한옥마을처럼, 파리도 옛것을 존중하는 도시였다. 3월의 밤바람은 차가웠지만, 모두가 야경을 놓치지 않으려 갑판에 서서 사진을 찍느라 추위도 잊었다.

그날 밤, '파리 쇼는 세계 최고'라는 가이드의 말에 이끌려 우리는 1인당 180달러의 입장권을 구매했다. 언제 다시 올 수 있겠냐며 아낌없이 투자한 선택이었다. 무대가 열리자, 화려한 의상과 아름다운 여인들의 춤사위가 이어졌지만, 추위에 떨다 들어온 데다 와인 반 잔의 영향으로 우리는 곧 졸음을 이기지 못했다. 실내는 따뜻했고, 눈꺼풀은 납처럼 무거웠다. 무례함을 걱정할 겨를도 없이 하나둘 고개를 떨구었다.

얼마나 지났을까. 갑자기 팡파르가 울려 퍼지며 잠결에 놀라 눈을 떴다. 무대 왼편 2층에서 화려한 의상을 입은 여배우가 가쁜 숨결을 고르며 가볍게 무대로 내려와, 우아한 자태로 춤을 추기 시작했다. 그 모습이 마치 황홀한 꿈결 같아, 무심결에 "아름답다" 속삭이며 바라보다가, 다시금 눈꺼풀이 무겁게 내려앉았다.

얼마 후, 이번엔 오른쪽 2층에서 '펑!' 하는 요란한 소리와 함께 근사한 의상을 입은 남배우가 등장했다. 그는 무대에 내려와 앞선 여배우와 함께 짝을 이루어 춤을 추었지만, 나는 그들이 어떤 춤을 추었는지조차 기억하지 못한다. 그저 찬란한 무대의 빛, 반짝이던 의상, 그리고 다시 눈을 감아야 했던 몽롱한 순간들만이 아련하게 남아있다.

한 자매의 남편인 사진작가는 여행 내내 공들여 찍었던 필름을 잃어버렸다. 폼페이, 로마, 파리에서 추억을 담기 위해 떨며 찍었던 사진들이 모두 사라졌다. 찬란했던 파리의 밤, 아름다웠던 성당, 황홀한 쇼와 황당한 졸음, 그리고 잃어버린 필름까지…. 모든 것이 안타까움으로 남았지만, 그 또한 웃으며 기억할 수 있는 소중한 추억이 되었다.

　그러던 2019년 4월 15일 밤, TV 뉴스 화면 속에 믿기 힘든 광경이 펼쳐졌다. 노트르담 대성당이 검은 연기를 뿜어내며 거센 불길에 휩싸인 채 타오르고 있었다. 이글거리는 화염 속에서 첨탑이 무너지는 순간, 내 가슴도 함께 무너져 내렸다. 불과 얼마 전, 눈앞에서 마주했던 그 웅장하고 찬란한 성당의 자태가 사라진다니, 가슴이 먹먹해 눈물이 차올랐다.

　그날의 비통한 불길은 국경을 넘어 전 세계 수많은 사람들의 마음에 상처를 남겼다. 인류가 지켜온 문화와 신앙의 상징이 순식간에 무너져 내리는 모습을 우리는 모두 숨죽인 채 지켜보았다.

　지금, 그 성당은 어떤 얼굴로 우리를 기다리고 있을까. 다시 피어날 아름다움을 꿈꾸며, 나는 언젠가 노트르담의 종소리를 다시 들을 수 있기를 간절히 바란다.

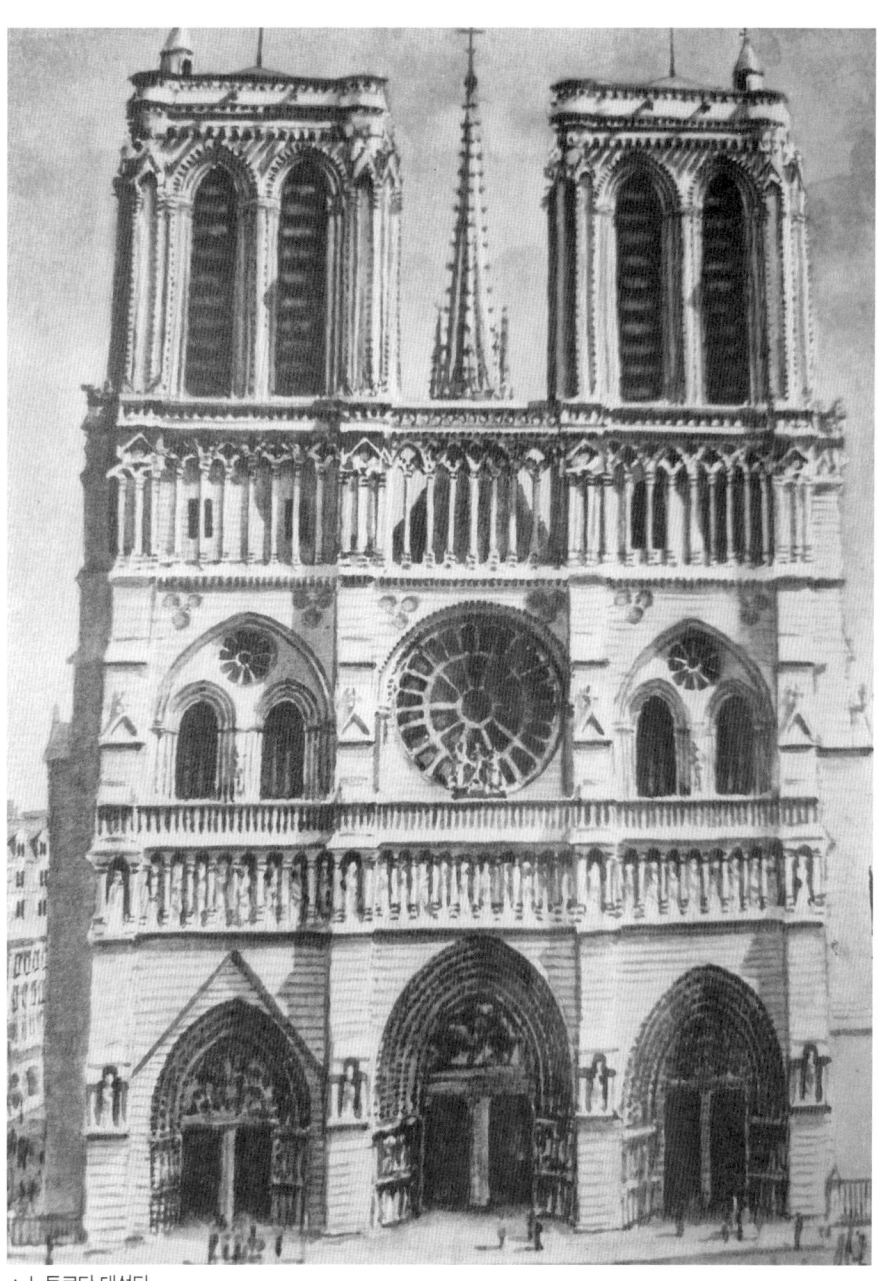

▲ 노트르담 대성당

바르셀로나

바르셀로나에 도착한 날, 나는 가슴 깊은 곳에서부터 설렘이 일렁였다. 파란 지중해의 햇살과 이국적인 풍경, 그 모든 것들 위에 한층 설레게 만든 이름, 사그라다 파밀리아, 성가족성당.

멀리서도 우뚝 솟은 첨탑이 한눈에 들어왔다. 하늘을 찌르듯 솟은 탑들은 단단히 땅을 딛고 있으면서도, 마치 하늘로 날아가려는 생명체 같았다. 가우디가 자연에서 영감을 받아 설계했다는 말이 떠올랐다. 꽃잎을 담은 곡선, 나뭇가지처럼 퍼지는 기둥들, 생명을 불어넣은 듯한 조각들. 그 어느 하나도 인간의 손에서 나왔다고 믿기 어려울 만큼 신비롭고 경건했다.

성당 앞면, '탄생의 파사드'에 다가서자, 그 정교함에 숨이 막힐 듯했다. 앞면은 예수님의 탄생과 유년 시절, 가족의 사랑을 주제로 조각되어 있었다. 성모 마리아 품에 안긴 예수, 경배하는 동방박사들, 들판의 목자들, 그리고 자연 속 동물과 식물까지, 모든 생명이 아기 예수의 탄생을 축하하듯 조화롭게 새겨져 있었다. 앞면은 가우디 생전에 유일하게 완성된 파사드로, 그의 손길이 오롯이 느껴졌다.

성당 안으로 들어섰을 때, 나는 한동안 말문을 닫았다. 입구를 막 지나쳤을 뿐인데, 이미 다른 세계에 들어선 듯했다. 내부는 성스러운 빛으로 가득 찼다. 햇살이 스테인드글라스를 통과해 붉고 푸른, 노랑과 초록의 빛으로 쏟아지며 우리를 감쌌다. 그 빛은 기둥에 번지고 바닥에 스며들며, 마치 천상의 정원에 들어온 듯한 착각을 일으켰다.

천장을 올려다보니 숲이 펼쳐져 있었다. 기둥은 나무의 줄기처럼 위로 뻗어 있었고, 천장은 나뭇잎이 드리운 녹음 같았다, 자연을 경외하던 가우디의 신앙이. 그가 창조한 공간 전체를 감싸고 있었다. 사람들은 조용히 감탄하며 걷거나 벤치에 앉아 묵상에 잠겨 있었다. 말 없는 공간 이었지만 감동은 넘쳐흘렀다.

그리고 반대편, '수난의 파사드'에 이르렀을 때는 숨결이 얼어붙는 듯했다. 현대적이고 추상적인 선으로 새겨진 조각들은 예수님의 고난과 죽음을 주제로 했다. 십자가 지신 예수, 가시관 쓴 얼굴, 부인들의 울음, 유다의 배신, 뼈만 남은 듯한 각진 선들은 고통을 더욱 도드라지게 표현되어 있었다. 가우디 제자의 작품이란다

성당 깊은 곳에 가우디의 무덤이 있다. 그는 죽기 전까지도 성당 건축에 몰두했고, 완공은 보지 못한 채 생을 마감했다. 하지만 그는 이렇게 말했다고 한다.

"나의 고객 (하느님)은 서두르지 않으신다."

완공이 2026년이라 해도, 이미 완성된 감동을 주고 있었다. 다 지어지지 않았기에 더 위대하고, 여전히 지어지고 있기에 살아 있는 성당 같았다, 인간의 손으로 신을 향해 쌓아 올리는 영원의 집, 성당 밖을

나서면서 다시 하늘을 올려다봤다, 미완의 첨탑들이 여전히 자라고 있었다. 완공되면 총 18개의 탑이 세워지며, 성당 중앙에 가장 높게 솟아오를 예수 그리스도 탑은 172.5m로 세계에서 가장 높은 성당이 됩니다. 그것은 단지 건축물이 아니라, 성지 순례자들의 믿음과 인내, 예술과 영혼이 함께 만든 기도다. 마치 가우디의 영혼이 지금도 그 위에 올라서서 조용히 기도하고 있는 듯한 느낌을 받았다. 나는 '미완'이라는 말이 얼마나 아름다울 수 있는지를 처음 깨달았다.

오랜 시간이 흘렀어도, 내 마음속 바르셀로나는 그날의 빛으로 물들어 있다. 그리고 여전히 짓고 있는 성당이지만, 완성된 감동으로 머물러 있다. 성가정 성당은 1882년 건축을 시작하여 가우디 사망 100주년 되는 2026년에 완공될 예정이라 했다. 성당은 144년의 세월이 걸리게 되는 것이다. 영광의 파사드가 완공되면 다시 가고 싶은 성가족성당.

시내 관광지를 둘러보다 한적한 공원에서 황영조 기념 조형물과 마주쳤다. 사람들이 무심히 지나는 길목에 소박하게 놓인 조형물 하나. 한국에서 가져온 바위로 황영조 선수가 달리던 모습이 조각되어 있었다. 작은 체구였지만 굳센 걸음으로 세계를 향해 나아가는 모습인 그 조각 앞에서 나는 한참을 서 있었다.

1992년 바르셀로나 올림픽을 기억하는 이라면 그날의 황영조 선수를 떠올릴 것이다. 붉은 트랙을 가르며 고개를 들고 결승선을 통과하던 순간, 그 작은 체구 안에 담긴 대한민국의 이름이 세계를 울리고 우리 가슴을 뜨겁게 했다. 그로부터 수십 년이 흐른 뒤, 나는 그 기억의 현장, 바르셀로나를 다시 찾았다.

삼척 초곡리 어촌 출신, 1970년생 황영조. 그는 "나는 노력형 선수였다. 정상에 서기 위해 모든 걸 포기했다."고 말했다. 그 말이 유난히 마음에 남았다. 발바닥에 굳은살이 박이도록 달리고 또 달렸던 그 시절, 오직 태극마크를 달고, 조국을 위해 달린 그 한 사람이 세계무대에서 태극기를 가장 높이 올렸던 그날의 장면이 그 공원에서 다시 펼치는 듯했다. 무대는 바르셀로나였고, 주인공은 대한민국이었다.

　그리고 그 중심엔, 황영조라는 이름이 있었다. 그날, 나는 관광객이 아니었다. 동시대인의 자랑으로 그 앞에선, 한 국민이었다. 미소가 번졌고, 가슴은 뜨거웠다. 한 점 조형물, 그러나 그 속엔 나라의 자존과 우리의 기억이 담겨 있어 내 입에선 흐뭇한 미소가 흘러넘쳤다.

▲ 바르셀로나 성 가정 성당을 배경으로

노르웨이 절경과 무지개

9월의 햇살을 받으며 빙하에서 흐르는 에메랄드빛 강물을 따라간다. 자작나무와 소나무 숲 사이를 관광버스는 마치 발에 쥐가 난 듯 달리고 있다. 창밖으로 펼쳐지는 스위스 마을 같은 목가적인 노르웨이 시골 풍경은 졸린 눈마저 번쩍 뜨게 한다.

작은 휴게소엔 800년이 넘은 스타부 교회가 서 있다. 고풍스러운 목재로 정교하게 조각된 그 교회는 사람들의 발걸음을 붙잡는다. 지붕의 뾰족한 사각 안에 교회를 상징하는 높은 탑이 솟아있고, 그 위로 지구 모형과 노르웨이 국기가 펄럭이며, 끝자락엔 십자가가 우뚝 서 있다. 지붕 네 귀퉁이에는 입을 크게 벌린 용들이 마치 악마를 삼킬 듯 조각되어 있다. 지붕 앞면의 섬세한 문양은 다이아몬드처럼 반짝인다. 옛날 교회에서 용머리를 조각에 사용한 이유는 정확히 알 수 없지만, 세월을 이겨낸 목조 교회의 아름다움은 탄성을 자아내게 했다.

요툰헤임은 노르웨이 중앙에 있는 고원 지대로, 해발 2,400미터에 달하는 거대한 빙하를 품고 있다. 멀리 눈덩이처럼 보이는 빙하를 숲과 협곡이 가려 가까이 볼 수 없어 아쉬웠다. 내려가던 중 버스를 세워 빙하의 끝자락만 촬영할 수 있었던 것이 못내 아쉬웠다. 이 거대한 설경을 록키산맥에서처럼 바퀴가 크고 힘센 설상차를 타고 직접 가서 볼 수 있다면, 그야말로 환상적일 텐데.

조금 더 내려가니 '빙하 박물관'이 나온다. 그곳엔 무려 5,300년 전 신석기시대에 살던 미라가 전시되어 있었다. 머리에 타박상, 어깨엔 화살촉이 박힌 채 빙하에서 발견된 당시의 모습 그대로 재현되어 있다. 뼈와 피부, 짐승 털로 만든 옷과 활, 말린 야생 염소고기까지도 함께, 충치와 관절염, 심장질환, 그리고 문신까지 있었다니~ 그는 마치 인류의 다양한 정보를 담은 타임캡슐 같았다.

노르웨이는 100만 년 동안 눈과 얼음으로 덮여있다가 빙하가 녹으면서 바다 수면이 상승했다. 산과 산 사이 협곡에 물이 차오르며 U자형과 V자형 피요르가 형성되었다. 최대 수심은 468~514미터에 이른다고 한다. 페리호를 타고 피요르드 깊숙이 들어가니, 깎아지른 절벽들이 아름답게 펼쳐졌다. 얼음물에서 흘러내리는 '7자매 폭포'와 '구혼자 폭포'는 자연이 빚어낸 오묘한 걸작이다.

청정지역인 이곳도 제2차 세계대전 중엔 독일, 영국, 프랑스, 3개국의 지배를 받았던 아픈 역사를 품고 있다. 그러나 힘든 시절을 딛고, 신이 주신 거대한 설산과, 바다를 끼고 아름답게 꾸민 도시들은 대형 크루즈로 관광객을 맞이한다. 관광, 목재, 조선, 수산, 원유 산업 덕에 GNP가 8만 달러가 넘어 세계 1위를 차지하면서 북유럽의 신화를 이룩했다. 원유 국임에도 기름값을 싸게 쓰지 않고, 지난 고난의 시대를 기억하며 수익을 비축하고, 후세들을 위해 해외에 투자하고 있다니~ 지혜로운 그들의 사고방식이 부러웠다.

　우리는 세계적으로 유명한 노르웨이의 피요르드 중 세 곳만 둘러보았다. 게이랑에르는 해발 1,000미터가 넘는 산악지대다. 이곳 마을의 지붕은 보온을 위해 잔디도 덮여있다. 산을 오를수록 숲은 사라지고, 겹겹이 거대한 암석만 펼쳐진다. 굽이굽이 도는 길을 지나 플리달렌 전망대에 오르니, 산봉우리마다 여름이 지나도 녹지 못한 하얀 잔설이 별천지처럼 반짝인다.

　병풍처럼 펼쳐진 협곡 위에 흰 눈이, 까마득한 벼랑 아래로는 짙푸른 물이 이어져 신이 빚은 예술을 보는 듯하다. 내려오는 길, 잉크 빛 넓은 호수를 바라보다가 호기심에 물가로 달려가 손을 담갔다. 뼛속까지 저려 몸서리가 쳐질 정도로 차가웠다. 나는 그 순간을 사진기에 담아 추억으로 남겼다.

　송네 피요르드는 '플롬'이라는 산악열차를 타고 올라가다 중간에 내렸다. 200킬로미터가 넘는 '코스 포젠' 폭포는 하얀 거품을 일으키며 협곡 아래로 거세게 떨어진다. 그 옆에서 빨간 원피스에 금발을 휘날리는 가녀린 요정이 두 팔을 흔들며 환호했다.

　음산한 계곡에서 뿜어내는 거센 물줄기와 하늘에서 쏟아지는 폭우를 온몸으로 맞으며 춤을 추던 그 모습은 마치 꿈처럼 사라졌다. 나는 꿈을 꾸었나 했다. 알고 보니, 관광객에게 추억을 남겨주기 위해 대학생이 연기하는 퍼포먼스였다. 날씨가 최악이라, 그 아가씨가 안쓰러웠다.

　하당 피요르드는 바다처럼 잉크빛을 띤 강물이 아름답다. 주인 없는 멋진 요트들이 바람 따라 출렁이며 춤을 추고, 길가의 투박한 바위 위엔 이끼들이 얼룩무늬처럼 수를 놓아 정겹다. 상점마다 쌓여있던, 장발에 코가 큰 괴물 '트롤 요정'들이 갑자기 튀어나와 우리를 배웅하는 듯해, 나도 모르게 뒤돌아보며 웃고 말았다.

산비탈을 돌고 돌아 마지막 쉬어가는 '보리 폭포', 건너편 연둣빛 이끼 위로 쏟아지는 물줄기는 옥구슬 같은 실타래처럼 까마득히 떨어진다. 동생에게 사진을 찍어주려던 순간, 깊은 구렁에서 일곱 폭의 오색 명주 치마가 섬광처럼 번쩍이며 카메라에 잡혔다. 황홀한 순간이었다. 무지개가 하늘로 솟구쳐 올라 눈 깜짝할 사이 석양 속에 걸렸다.

어린 시절, 무지개는 어디서 오는 것일지 궁금했었다. 그 무지개가 깊은 계곡에서 직접 떠오르는 장면을 눈으로 보고 사진으로 담는 행운을 누렸다, 모두 가 함성을 지르며 손뼉을 쳤다. 세월이 흐른 뒤, 동생과 나는 아름다운 노르웨이 절경과 무지개를 이야기하리라 생각했는데, 벌써 5년이 흘러버리고 말았다.

▲ 노르웨이 절경을 배경으로

구름 위에 피어난 신의 정원

　미국 하와이에서 비행기로 25분쯤 날아가니 마우이섬이다. 공항에
는 우리나라 여자 가이드가 25인승 버스를 직접 운전을 하며 나와 우
리를 반갑게 맞이해 주었다. 푸른 해변을 따라 1시간가량 달리니, 옛
하와이 수도에 있는 역사관에 도착했다. 전시관에서 하와이의 과거를
둘러보고, 뒷문으로 나서니 탁 트인 공원이 펼쳐진다.

　그 공원에는 세계에서 두 번째로 큰 반얀트리가 우람하게 서 있다.
반얀트리는 가지에서 내려온 뿌리가 땅에 닿아 다시 뿌리로 자라며 번
식하는 신기한 나무다. 몇 그루 되지 않지만, 나무의 크기가 워낙 커서
넓은 공원을 가득 채우고 있다. 그 신비한 나무 앞에서 사진을 찍고,
이제 분화구로 향한다.

　해발 3,055m의 할레아칼라 화산으로 오르는 길, 오전의 햇살과는
달리 안개가 자욱하고 스산하다. 구불구불한 산길을 1시간쯤 오르자,
안개가 걷히고, 매표소를 지나니 햇살이 쨍쨍 내리쬔다. 차창 밖으로
키 작은 나무들이 광활한 들판을 스치듯 지나가며 인상적인 풍경을

그려낸다.

잠시 후 도착한 휴게소에는 안내 책자와 필요한 물품들이 마련되어 있었다. 진열대 주변에는 키 큰 꽃대에 보라색과 자주색이 어우러진 화려한 꽃이 피어 있어 탄성이 절로 나왔다. 처음 보는 꽃이었다. 이파리가 은색을 띠어 '은검초'라 불리는데, 높은 고지에서만 자라는 귀한 식물로, 사람 손이 닿으면 죽는다고 했다. 가이드는 "신기하더라도 절대 손대지 마세요. 손님이 만지다 걸리면 가이드 자격이 6개월 정지됩니다"라며 신신당부했다. 얼마나 많은 이들이 말을 듣지 않았으면 이런 엄격한 법이 생겼을까?

정상이 가까워지자 귀가 먹먹해진다. 마치 비행기를 탄 듯, 우리는 어느새 구름 위에 앉아 있었다. 그런데 갑자기 왼편에서 검은 구름이 몰려오고 있었다. "이곳은 날씨가 늘 예측 불허입니다. 비가 오면 분화구를 볼 수 없습니다"라는 가이드의 말에 다들 조바심이 났다. 그렇게 멀리 와서 못 보고 돌아간다니, 애간장이 탔다. 다행히 신의 도움인지 폭풍 같은 바람이 비구름을 몰아내 주었고, 우리는 무사히 전망대에 올랐다.

전망대에서 내려다본 분화구는 그야말로 한 폭의 그림이다. 화산이 폭발했던 연도마다 흙의 색이 모두 달라, 마치 색색의 옷을 입은 대지가 펼쳐진 듯하다. 가까이엔 황토색이 많고, 회색, 검은색, 연한 자주색까지… 참으로 신비롭다.

공중에서 촬영한 산의 모습은 흡사 여인의 옆모습을 닮았다. 머리와 얼굴은 검은빛, 목은 노란 미색, 어깨부터 앞 상체는 녹색, 가슴은 황금색, 젖꼭지 부분만 선명한 빨간색, 배와 허리는 연녹색과 황색, 보라색과 회색이 간간이 섞여 무려 아홉 가지 색으로 빛난다. 어떻게 해마다 다른 폭발이 이렇게 다채로운 색으로 기록될 수 있을까? 아무리 생각해도 인간의 머리로는 이해할 수 없는 신의 작품이다.

전망대 직원들은 오후 3시에 퇴근한다고 한다. 우리는 서둘러 스마트폰에 사진만 담고, 기념품 하나 살 새도 없이 쫓기듯 나왔다. 멍하니 서 있던 우리 여덟 명은 아쉬움이 통해 10여 분 걸어 올라갔다. 정상은 아니었지만, 바람은 폭풍처럼 몰아쳐 몸이 날아갈 듯했다. 결국, 단체 사진 한 장 찍고, 허둥지둥 내려왔다.

그때 가이드가 안쓰러운 표정으로 "원래는 전망대까지만 안내하는데 특별히 서비스해 드릴게요." 하며, 소형차만 다니는 길로 버스를 운행해 3,055m라 적힌 정상의 작은 움막까지 데려다주었다. 오른쪽엔 천문관측연구소가, 정면에는 푸른 바다와 하늘이 맞닿은 수평선이 시야를 가득 채운다. 산허리에 걸쳐있는 그림 같은 뭉게구름은 누구라도 카메라를 들지 않을 수 없게 했다.

뒤쪽 계단을 10여 개 내려가니, 은검초 보호구역이 나온다. 누군가가 "와!" 하고 탄성을 지른다. 풍성한 은빛 잎이 듬성듬성 심겨 있고, 바람에 흔들릴 때마다 은 꽃처럼 반짝인다. 저 돌산에 어떻게 흙을 올려 이렇게 아름답게 가꿨을까? 자연을 향한 배려에 고개가 절로 숙여진다. 꽃은 이미 졌지만, 은빛 잎들이 바람 따라 반짝이는 모습이 신비롭다. 손만 닿아도 죽는다니, 더욱 아련했다. 나는 그 아름다움을 핸드폰에 저장해 두고 떠났다.

내려오는 길, 산허리에 걸쳐진 구름을 배경으로 사람들은 양팔을 벌리고 한쪽 다리를 높이 들어 '인간 새'처럼 사진을 찍었다. 모두가 뭉게구름 위를 날아가는 듯한 포즈였다. 구불구불한 하산길이 지루해지자, 누군가 노래를 부르자고 제안했다. 나는 망설임 없이 진도 아리랑을 불렀다. 그 순간 가이드의 눈가에 이슬이 맺혔다. "전주에서 마우이로 이민 온 지 40여 년, 이렇게 고향 노래를 들으니……." 말끝을 흐리는 그녀의 눈빛이 짠했다.

　무슨 사연으로 이 먼 마우이섬까지 와서 살게 되었는지는 다 듣지 못했다. 언뜻 들은 바로는 남편이 암을 앓았지만 지금은 많이 좋아졌다고 한다. 활달한 성격으로 꿋꿋하게 살아가는 그녀는 여행 내내 우리를 잘 이끌어주었다. 비행기에 오르며 나는 속으로 빌었다. 그녀와 그녀의 남편이 건강하고 행복하기를…….

▲ 구름 위에 피어난 은검초

나이아가라 폭포를 회상하며

발가락을 다쳐 방 안에만 머무르던 어느 날, 무료한 마음에 화장대를 닦다가 문득 남편과 헬리콥터를 탔던 사진 한 장이 눈에 들어왔다.

아이들이 보내준 환갑여행. 남편과 함께 떠났던 토론토 나이아가라 폭포의 날이 영화처럼 되살아났다.

비행기를 타고 떠나던 순간, 우리 부부는 오랜만에 단둘만의 여행에 설렘을 안고 있었다. 그동안 남편은 술자리를 좋아해 친구들과 자주 어울렸고, 나는 성당 자매들과 여행을 다녔다. 부부가 함께 나선 여행은 참으로 오랜만이었다. 속 깊은 이야기를 나누며 함께 걷고, 함께 웃으리라는 기대에 가슴이 부풀었다.

하지만 그 기대는 도착하자마자 깨져버렸다. 저녁 식사 전, 가이드가 내 이름을 포함한 네 명을 부르더니 환갑을 축하하며 커다란 케이크에 불을 밝혔다. 축하 노래와 박수갈채가 쏟아졌고, 가이드는 "오늘은 마음껏 드세요!"라며 분위기를 띄웠다. 그렇게 시작된 술자리는 광주, 조치원, 서울에서 오신 분들과 어울리며 매일 점심, 저녁이면 "형님", "아우"를 외치는 흥겨운 술판이 되었다.

그러던 중 로키산맥 인근의 고급 맨션형 숙소에서 술을 마시던 날, 서로 집에서 가져온 술이 바닥나 버렸다. 깜깜한 밤, 낯선 땅에서 어쩔 수 없이 어딜 명이 함께 마트를 찾아 나섰다. 손전등으로 길을 비추며 걷는데, 가도 가도 마트가 보이지 않아 조바심이 났다. 다행히 멀리서 우리말 소리가 들려와 나는 그곳으로 뛰어갔다.

"한국에서 온 학생들인가요?" 그들은 "네" 대답했다.

"여기는 술을 어디서 살 수 있나요?" 학생들이 술 파는 마트로 가는 길을 알려주었다. 남자들은 밸런타인을, 여자들은 아이스 와인을 사 들고 돌아왔다. 그 와인의 깊은 맛은 지금도 잊히지 않는다, 낯선 이들과 나눈 웃음과 쏟아진 이야기들…… 그 밤의 온기가 오래도록 마음속에 남아있다.

다음날, 세계적으로 유명한 나이아가라 폭포를 보기 위해 우리는 헬리콥터에 올랐다. 폭포의 높이는 55미터, 너비는 671미터라고 했다. 하늘에서 강 주변 마을과 폭포를 한 바퀴 돌며 아래를 내려다보았다. 한없이 넓은 강폭에서 물이 흘러 내리는데, 캐나다 쪽으로 떨어지는 물줄기는 말발굽처럼 둥근 반원 형태로 모였다. 떨어질 때 솟아오른 거대한 물보라는 마치 옥구슬을 쏟아내는 듯 환상적인 장면을 연출했다.

같은 물줄기가 서쪽으로 흘러 미국 쪽으로 떨어지는 폭포는 치마폭처럼 넓게 일직선으로 쏟아졌다. "솨~아아~" 하는 웅장한 소리에 가슴이 뻥 뚫리는 기분이었다. 미국 동부를 통해 오면 볼 수 있는 나이아가라 폭포다. 조금 전 갈라져 캐나다 쪽으로 흘러갔던 물이 이곳에서 다시 모인다. 반가운 만남이라도 되는 듯, 물보라를 일으키며 하나가 되어 흘러간다. 우리는 시원한 강변을 따라 한 바퀴 돌고 비행장으로 돌아왔다.

한여름 중복의 더위가 기승을 부리던 날이었다. 우리는 말발굽 폭포를 더 가까이서 보고 싶은 욕심에, 많은 사람들이 우비를 입고 탑승하는 2층 유람선 '안개의 숙녀((Maid of the Mist)'에 올랐다. 폭포 가까이 접근하며 기념사진을 찍으려 했지만, 폭포는 그 장엄한 자태를 쉽게 허락하지 않았다.

쏟아지는 물보라는 짙은 안개비가 되어 주변을 어둡게 만들었다. 카메라 렌즈 위로 물방울이 튀어 소낙비처럼 흘러내렸다. 폭포의 수압에 배는 중심을 잃고 흔들흔들 춤을 췄다. 배 바닥에 떨어진 물은 미끄러웠고, 우비를 입었지만 머리와 얼굴은 안개에 흠뻑 젖어 모두 생쥐꼴이 되었다. 우리는 서로를 부축하다가 중심을 잃고 함께 넘어지며 웃음보를 터뜨렸다. 사진은커녕 몸 하나 추스르기도 바빴다.

가이드는 점심으로 특선 메뉴를 예약해 두었다며 우리 일행 30명을 이끌고 9층 스카이라운지에 올라갔다. 통유리창 밖으로 폭포가 한눈에 펼쳐졌다. 빙글빙글 돌아가는 회전식 식당, 자리에 앉자마자 모두가 "와~" 하는 탄성을 터뜨렸다. 넓은 강물이 퍼지듯 흐르다 반원형으로 모여 쏟아지는 장면은 그야말로 자연이 연출한 환상의 무대였다. 고요히 스테이크를 썰며 창밖을 바라보는 사람들의 얼굴엔 넋이 빠진 듯한 감탄이 서려 있었다.

스테이크는 고깃결이 부드럽고 연해, 처음 맛보는 풍미였다. 여러 번

나이아가라 폭포를 바라본 후라서일까, 내 눈에는 말발굽 도장이 찍힌 것 같은 기분이었다. '원 없이 봤다' 싶다가도, "화장실 갈 때 마음과 나올 때 마음이 다르다더니" 하는 옛말이 떠올랐다.

"이렇게 멋지게 볼 수 있는 곳이 있다면, 처음부터 비싼 헬리콥터나 유람선은 타지 말고 이 카페에 왔으면 좋았을 텐데. 가이드의 영업 수단에 우리가 넘어간 것 같아요." 내가 옆 사람에게 속삭였다. 그는 웃으며 대답했다. "우리 팀은 환갑여행이라 헬리콥터를 타는 분이 많았대요. 그래서 가이드가 특선 메뉴도 준비한 거라네요. 관광객 모두가 이곳에 오는 건 아니래요." 그 말에 고개가 끄덕여졌다.

내 남편은, 그날 이야기의 이어짐도 없이 먼저 떠나갔다. 그 자리에 남겨진 나는 미움인지 그리움인지 모를 감정에 잠긴다. 사진 위로 맺히는 이슬방울처럼, 추억은 여전히 내 마음을 적시고 있었다.

▲ 나이아가라 폭포

사이판의 추억

  해맑게 웃고 있는 두 손녀의 사진을 바라보다가 나도 모르게 함박웃음을 터뜨렸다. 아이들 뒤로 푸른 바다와 하늘, 뭉게구름과 진녹색 나무가 있는 섬은 작은아들 가족과 우리 부부가 함께 갔던 아름다운 사이판의 풍경이었다.

  세계적인 휴양지인 사이판호텔은 음식 종류가 셀 수 없이 다양하고 풍성했다. 식사 후 가이드가 우리를 바닷가로 데려갔다. 남편과 며느리, 손녀들은 백사장 얕은 물에서 놀고, 나와 아들은 바닷물에 들어갔다.

  안내원이 스노클링 호흡하는 법을 가르쳐 주었지만, 그것을 입에 물고 호흡하니 처음이라 불편하고 어색해 벗어 버리고, 수경만 쓰고 수영했다. 바닷물에서 잠시 놀다가 손녀들과 함께 놀기 위해 호텔 풀장으로 향했다.

  넓은 풀장엔 튜브를 탄 사람들이 한가롭게 떠다니고 있었다. 어른 어깨쯤 오는 수심의 물은 바닥까지 투명하게 보였다. 네 살과 세 살

손녀들이 무섭다며 풀장으로 들어오지 않았다. 내가 물고기처럼 다양한 흉내를 내며 재미있게 수영하자, 호기심이 생기는지 재미있어하며 손뼉을 치기 시작했다.

"무섭지 않아, 할머니가 안아줄게." 손녀들을 달래어 안아다 작은 튜브에 앉혀 물에 띄웠다. 처음엔 겁을 내던 아이들이 아빠 엄마와 할아버지 할머니까지 튜브를 잡고 놀아주니 기분이 좋은지 깔깔 웃으며 신이 났다. 무더운 날씨에 물놀이를 실컷 즐긴 가족은 오랜만에 꿀잠에 빠졌다.

다음날, 작은아들이 바다로 나가 패러글라이딩을 타자고 제안했다. 젊어서 "빨간 마후라"란 영화를 보고 비행기를 한번 조종해 보고 싶다고 생각한 적이 있었다. 그 꿈은 이룰 수 없으니, 행글라이딩이라도 조종해 하늘을 날고 싶은 생각은 여전했다.

공포증 있는 며느리와 몸이 불편한 남편은 쉬고 아들과 나만 타기로 예약했다. 그런데 남편이 아쉬워하는 듯하니 아들이 얼른 내 좌석 뒤에 남편을 앉혔다. 모터보트가 잔잔한 바다를 향해 달리자, 패러글라이딩이 서서히 솟아올랐다. 보트가 속력을 내니 우리는 더 높이 하늘로 날아올랐다.

생애 처음, 나는 자유로운 한 마리 새가 되었다. 하늘을 훨훨 날고 있는 기쁨의 순간을 어찌 표현하리! 하늘에서 내려다보는 비취색 바다가 저렇게 예쁠 수가! "아~ 곱다. 고와" 나도 모르게 탄성이 나왔다. 맑은 공기와 영혼의 자유를 만끽하고 싶었다. 눈을 감고 창공에서 활공의 기쁨을 즐기려는 순간, "나 떨어진다. 나 떨어질 것 같아. 떨어진다고?" 분위기를 깨는 남편의 말에 짜증이 나면서 겁이 덜컥 났다. 보트에 신호를 보내 남은 시간을 접어야 했다.

그날 저녁, "정말 떨어질 것 같았어요?" 내가 묻자, 그는 빙그레 웃기만 하니 그 속내를 알 수 없었다. 떨어질 것 같아 정말 무서웠는지? 끈기가 없는 사람이 의자에 앉아 있는 것이 불안해서 착각했는지 몰라도 내 속엔 불이 났다. 오랫동안 벼르고 벼르다 탄 패러글라이딩으로 하늘을 마음껏 날지 못하였으니 아쉽기도 하고, 돈이 아까워 가슴이 아렸다.

오후엔 가이드가 고기를 잡아서 회로 먹자며 다른 팀과 함께 낚싯배를 타고 바다로 나갔다. 나와 두 사람은 낚시에 흥미가 없어 배 주변의 바닷속으로 들어가 물고기와 수영을 했다. 그러다 옆에 있는 연미색 산호를 만지니 아기 피부처럼 부드러웠다. 그곳엔 낚싯배에 스쳐 잘려나 간 산호들이 출렁이는 파도에 춤을 추고 있었다. 여기저기 잘려간 부분들이 아프다고 하소연하는 것처럼 느껴져 가슴 한편이 짠해졌다.

관광객이 많을수록 자연은 파괴될 것이다. 보호받지 못한 귀한 생물들이 안쓰럽다. 생각하며 우리는 배 위로 올라왔다. 스무 명이 넘는 사람 중 한 사람만 고기를 잡아 회는 못 먹고, 사이판 원주민이 운영하는 바비큐 식당으로 향했다.

굽이굽이 산길을 따라 올라가니 산속엔 아늑한 원어민 마을이 나타났다. 넓은 공연장에는 이미 많은 관광객이 앉아 있었다. 우리도 의자에 앉아 그들이 건넨 빨강 꽃 화관을 머리에 썼다. 무늬가 다양한 넓은 사각 천을 주며 남자들은 허리에 두르란다. 여자들은 겨드랑 밑으로 돌려서 앞가슴에서 한번 묶어 두 갈래 천을 목에다 걸어 매듭을 만드니 간단한 원피스가 되었다. 나라마다 의상이 다르지만 이렇게 쉽게 옷을 만들 수 있다니 놀라웠다. 옛날에 풀이나 나뭇잎으로 몸을 가리던 것이 진화한 의상이 아닐까?

원어민 의상을 입고 그들만의 전통 민속춤과 노래를 관람하고 잘 구워진 바비큐를 맛있게 먹었다. 손짓, 발짓으로 대화를 나누고 그들의 옷과 꽃 화관을 쓰고 우리는 원어민과 기념사진을 찍었었다.

사이판 휴양지를 떠나온 추억이 어제 같은데 손녀들은 처녀티를 내는 대학생이 되었고, 하늘을 날다 떨어질까 봐 겁을 내던 남편은 아주 먼 곳으로 이사를 갔다. 사진 속에 아름답게 남아있는 시간을 퍼 올려보는 거실 창으로 붉은 석양이 드리운다.

▲ 사이판에서

미얀마 쉐다곤

　지인들과 미얀마로 향하기 위해 인천공항에서 출국심사를 마친 뒤, 탑승 대기 중이었다. 갑자기 유리창을 흔드는 세찬 바람과 함께 먹구름이 몰려오더니, 때 아닌 번개를 동반한 겨울비가 폭포처럼 쏟아졌다. 사람들은 혹시 비행기가 뜨지 못할까 봐 걱정이 태산이었다. 다행히 출발 시간이 가까워지자, 번개는 사라지고 빗줄기도 약해져 마음을 놓을 수 있었다.

　비행기는 밤하늘을 향해 날아올랐다. 잠시 속도를 높이더니 갑자기 기체가 심하게 흔들리며, 곤두박질하듯 아래로 떨어졌다. 가슴이 덜컥 내려앉을 정도로 무서웠다. 승무원은 안내 방송을 통해 기류 변화 때문이니 안심하라고 했다. 인천에서 양곤까지 약 5시간 50분이 걸린다는 말과 함께였다. 속이 울렁거려 멀미가 날 것 같아 눈을 감고 잠시 눈을 붙였다.

　눈을 떠 창밖을 보니, 캄캄한 밤하늘엔 별빛이 반짝인다. 마치 보석을 흩뿌려 놓은 듯 화려한 하늘 아래, 커다란 별 하나가 직선을 그으며 땅으로 떨어지는 모습이 인상적이다. 어느새 착륙을 알리는 방송이 나왔다.

우리가 머무를 양곤은 미얀마의 마름모꼴 지형 중 꼬리 부분에 해당하는 지역이다. 한국보다 해가 2시간 30분 늦게 뜨며, 부산처럼 제2의 도시로 약 600만 명이 살고 있다. 현지 사람들은 체형이 작고, 남녀 모두 전통 치마인 '롱지'를 입고 다닌다. 생활 수준은 우리나라 1960년 대쯤으로 다소 빈곤한 모습이 느껴졌다.

이곳은 불교의 나라답게 사원이 많다. 사원에 들어갈 때는 반드시 맨발이어야 하며, 승려의 몸에 손을 대거나 그림자조차 밟지 않도록 주의해야 한단다.

"로마에 가면 로마법을 따르라"라고 했듯, 부처님을 뵈러 가는 길에 자신의 몸을 낮추는 것은 당연한 예의다. 사원은 대부분 부처님 사리를 모신 탑을 중심으로 지어진다.

처음 방문한 사원은 2001년 만달레이 근교의 광산에서 발견된, 1,000톤에 달하는 연옥에서 시작되었다. 이 연옥은 부처님이 앉은 모습과 같다고 하여 국가에 기증되었고, 그 후 불상이 조각되었다.

부처님의 얼굴만 따로 조각해 만달레이에서 양곤으로 옮기는 데 10일이 걸렸지만, 우기임에도 비 한 방울 내리지 않았다고 한다. 부처님의 보살핌이 있었던 것일까, 600톤이 넘는 이 거대한 불상은 습도에 약한 연옥의 특성상, 온도조절장치가 갖춰진 유리관 안에 모셔져 있다. 황금빛 사원의 화려함과 유리관 속의 연옥 부처님은 무척 이채로웠다.

양곤은 가는 곳마다 사원이 있고, 입구마다 스님들 얼굴이 그려져 있다.

2월임에도 건기(乾期)라 햇살이 따가웠다. 우리는 오후 4시가 지나서야 쉐다곤에 입장했다, 그러나 사원의 바닥이 돌이라 여전히 뜨거웠고, 맨발로 걷는 것이 쉽지 않았다.

쉐다곤 파고다는 몬족의 루깔 나파 왕이 '이 땅에서 부처님이 태어나기를' 간절히 기도했는데, 인도에서 부처님이 탄생하자. 몬족은 상인 두 사람을 보내 부처님께 공양드리게 했고, 그 대가로 머리카락 여덟 가닥을 받아왔다. 그런데 돌아오는 길에 네 가닥을 도둑맞았으나, 이상하게도 양곤에 도착하니 여덟 가닥이 그대로 있었다. 여섯 가닥을 이곳 쉐다곤에 안치되었고, 그 위에 순금 100톤을 들여 황금빛 쉐다곤이 세워졌단다.

나는 눈이 휘둥그레질 만큼 찬란한 황금의 위용에 넋을 잃었다. 쉐다곤 내부는 신분이 높은 미얀마인만 출입할 수 있어, 우리는 관광객을 위해 찍어 놓은 영상으로 그 내부를 대신 보았다. 탑 내부에는 무려 76캐럿의 다이아몬드가 빛나고 있었다. 그 광채를 보자 내 눈이 번쩍 뜨인다. 미얀마 시민들이 기증한 금반지와 보석들이 탑 주변에 수없이 연결돼 있다. 우리 한국은행의 금 보유량이 약 30톤이라고 들었는데, 쉐다곤에는 순금만 100톤이 쓰였다고 하니 감탄이 절로 나왔다.

쉐다곤을 중심으로 작은 불상들이 모셔진 경당들이 둥글게 둘려져 있었는데, 각각 개인의 이름으로 보시 되어 안치된 것이란다. 이 경당들은 4년에 한 번씩 금을 다시 입히는 개금 불사를 한다고 했다.

부처님의 일대기가 그려진 탑 둘레를 모두 둘러보려면 3시간이 걸린다기에 우리는 전부 보지는 못했다. 금빛으로 빛나는 사원들을 하나하나 둘러보는 것만으로도 충분히 감동적이었다. 불교에 대한 이해가 깊지 않은 나로서는 이 화려함을 다 표현하기 어려울 정도였다.

기념사진을 찍으려던 순간, 고양이 한 마리가 나타나 마치 주인공이라도 된 듯 포즈를 취하며 이리저리 다녔다. 사람들은 그 모습이 귀엽고 신기해 배꼽을 잡고 웃었다. 30분 뒤에 야경을 볼 수 있다기에 우리는 가이드를 졸라 식사를 미루고 야경을 보기로 했다.

해가 지고 조명이 들어오자, 쉐다곤의 야경은 상상을 초월했다. 황금빛 사원이 불빛을 받아 더욱 찬란하게 빛나 마치 태양이 지상에 내려앉은 듯한 황홀함이었다. 이 장관을 보기 위해 많은 외국인이 밤에 쉐다곤을 찾는다니, 그 이유를 알 수 있을 것 같다.

미얀마 사람들은 선조들이 남긴 유산을 잘 보존해 왔다. 물 위에 떠 있는 듯한 사원 예례 파고다, 현대적으로 조성된 67m의 차욱탓지 와불은 세계 각국 관광객을 끌어들이며 큰 경제적 효과를 얻고 있어, 부럽기도 했다. 나는 불교도는 아니지만, 쉐다곤 하나만으로도 미얀마에 온 보람을 느꼈다. 눈으로 금을 실컷 보고 돌아왔으니, 꿈에서도 금탑이 떠오르면 저절로 입가에 미소가 피어날 것 같다.

▲ 미얀마 쉐다곤에서

캄보디아 앙코르 와트

여름방학을 맞아 우리 가족은 캄보디아로 여행을 떠났다. 입구에 들어선 순간, 눈앞에 펼쳐진 앙코르 와트의 웅장한 자태에 눈이 휘둥그레지고, 감탄이 터져 나왔다. '앙코르'는 왕조를, '와트'는 사원을 뜻하는 것이란다. 크메르족이 신과의 합일을 믿으며 건축한 이 사원은, 죽음조차 신성의 품 안에서 맞이하고자 했던 왕들의 믿음을 그대로 품고 있었다.

앙코르 왕조의 전성기를 이끌었던 수리아바르만 2세가 세운 이 사원은 세 층으로 이루어져 있다. 1층의 넓은 화랑은 지구를 감싸는 산맥을 형상화했으며 그 벽면엔 천 년의 신화를 품은 부조가 이어진다. 당시 서민들의 삶과 참족과의 전투 장면이 생생하고 역동적이다. 끊임없이 이어지는 부조 중에서도 '우유 바다 휘젓기' 장면은 가장 유명하단다. 한국인 관광객들에게는 천당과 지옥의 부조가 이해하기 쉬워 더 큰 인기를 끈다고 했다.

2층은 '천신의 홀'이라 불리던 곳이란다. 순례자들이 만들어 놓았던 수많은 불상은 약탈로 대부분 사라지고 몇 개만 남아있었다. 벽면의 모서리마다 천상의 무희 압사라가 정교하게 조각되어 있었고, 손을 흔드는 듯한 착시를 주는 부조 앞에선 나도 모르게 미소 지었다. 지나는 게이트마다 정교한 무늬가 숨결처럼 느껴졌다. 벽의 상부까지 빼곡히 섬세한 조각들은 마치 고대 장인의 숨결이 벽 속에서 살아 움직이는 듯했다.

3층은 왕과 고승만이 드나들던 신성한 공간으로, '금단의 영역'이다. 70도에 가까운 가파른 계단을 고개 숙이고 오르다 보니 중앙 탑에 이르렀다. 연꽃 모양의 성소, 그 안에는, 한때 힌두교의 신 비슈누를 모셨던 자리가 남아있었다.

크메르족이 오랜 세월 믿어온 힌두교에서, 자야바르만 7세가 국교를 불교로 바꾸며 부처상이 그 자리를 대신하게 되었다 한다. 신의 세계에도 벌이 존재하는지 목이 잘린 석상들이 가부좌를 튼 채 앉아 있는 모습은 쓸쓸함을 안겼다. 그렇게 강대했던 왕조는 왜 쓰러졌는가! 나는 그 답을 알지 못했지만, 조상들의 섬세한 손재주는 경이로웠다.

바이욘 사원에 들어서자. 숨이 턱 막힐 듯한 무더위 속에서 수십 개의 탑이 시야를 압도했다. "저 많은 탑을 어린 손주들과 언제 다 볼까? 황홀함이나 신기함보다는 웅장한 기세에 먼저 기가 꺾였다.

사원에는 54개의 탑과 216개의 얼굴이 사면을 향해 서 있었다. 해설사의 말처럼, 한 탑마다 동서남북을 향한 얼굴들이 있었다. 위로 올라간 눈꼬리, 뭉툭한 코, 두툼한 입술의 온화한 미소는 묘하게 익숙하면서도 신비로웠다. 처음엔 각기 달라 보이던 얼굴들도 오래 바라보니 하나같이 비슷해 보였다, 어떤 이는 그 얼굴이 사원을 건설한 자야바르만 7세라 하고, 또 다른 이는 관세음보살이라 한다.

더운 날씨에 아이들은 지쳤는지 뜻도 모르는 비슷한 돌이 재미없다며 칭얼거렸다. 우리는 그늘이 많은 타 프롬 사원으로 발걸음을 옮겼다. 그곳은 정글 한가운데 있었다. 15세기경 왕조가 멸망한 뒤 400년 가까이 숲 속에 묻혀 있다가, 1861년 프랑스 탐험가에 의해 세상 밖으로 드러난 곳이다.

유적 위로 자란 나무들이 지붕을 뚫고 자라고, 뿌리는 벽을 감아 올라가며 사원과 하나가 되어있었다. 아이들도 그 모습을 보고는 감탄을 쏟아냈다. 그리고 자기 키와 나무뿌리를 서로 비교하며 "와, 와"를 연발하던 귀여운 모습들이 눈에 선하다. 끈질긴 생명력으로 하늘 향해 자라는 나무들, 그러나 그로 인해 유적이 파괴되어 가는 현실은 안타까웠다. 시원한 사원에서 아이들과 기념사진을 찍고, 아쉬움을 안은 채 사원을 나섰다.

유럽의 대리석 궁전들이 화려하고 정교함을 자랑한다면, 앙코르 와트의 석조 건물과 기둥에 새겨진 부조들은 전혀 다른 감동을 준다. 크메르족의 건축양식은 이 땅에서 생산되는 라테라이트라는 흙으로 만든 벽돌로, 땅속에서는 부드럽고 지상에 나오면 단단해진다고 한다. 그 흙의 성질 덕분에 섬세한 부조가 가능했을 것이다. 건축물은 화려함보다는 웅장하고 신비로웠다. 게이트부터 벽의 상부까지 정성스레 새겨진 무늬들은 한 치도 허술함이 없었다.

앙코르 와트는 크메르족이 남긴 위대한 문화유산이다. 그러나 경제적으로 어려운 현실 속에서 복구 작업은 외국의 손에 맡겨지고 있었다. 일본 학자들이 일부 구역을 복구하며 관광 수익의 일부를 가져간다는 이야기에 마음이 씁쓸해졌다. 유산은 있으되 지켜낼 힘이 부족한 현실. 복원된 일부는 원형의 아름다움이 아닌, 어색한 조각들의 나열처럼 보였다.

돌아오는 길, 나는 문득 이런 생각이 스쳤다. 과연 이 위대한 유산이 앞으로도 그 자태를 오래도록 간직할 수 있을까? 우리가 본 그 모든 풍경과 감동은 아이들의 기억 속에 어떤 모습으로 남게 될까. 앙코르 와트의 해는 저물고 있었지만, 그 황혼빛은 여전히 우리를 따뜻하게 비추고 있었다.

▲ 캄보디아 왕코르와트에서

보라카이에서 찾은 두 번째 봄

인천에서 지인들과 티웨이항공을 타고 5시간 날아 칼리보 공항에 도착했다. 현지 가이드를 만나 버스를 타고 구불구불한 길을 약 2시간 달려 카티클란 선착장에 닿았다. 유람선을 타고 푸른 바다를 가르며 10여 분 후, 마침내 보라카이에 도착했다. '이트 라이크' 택시를 타고 호텔에 입실하니, 창밖 정원엔 키 큰 야자나무들이 가득하고 주렁주렁 달린 코코넛 열매는 셀 수 없을 만큼 탐스럽다. 방 안에서도 열대 섬에 도착했다는 실감이 났다.

저녁은 한국 식당에서 삼겹살을 구워 먹고, 현지 망고를 호텔로 가져와 맛보니 그야말로 환상의 맛이었다.

보라카이는 1970년경 독일 스쿠버다이버 10명이 처음 발견한 아름다운 섬이다. 그들은 이 비밀스러운 천국을 10년 동안 자기들만의 휴양지로 간직하고 다녔다. 그러다 영국 BBC 방송에 제보해 촬영과 방영으로 세상에 알려졌다. 처음엔 허니문 여행객들만 찾던 곳이었지만, 직항 항공편이 생기면서 지금은 일반인들도 쉽게 찾을 수 있게 되었다.

스쿠버다이버 출신 작가는 "처음부터 보라카이를 알았다면 세계 63개국을 찾아다닐 필요가 없었을 것"이라 했으니, 에메랄드빛 바닷속이 얼마나 아름다운지 짐작이 간다.

보라카이는 가로 4km, 세로 6km의 작은 섬이다. 그중에서도 화이트 비치는 세계에서 가장 아름다운 해변 중 하나로 손꼽힌다. 7Km에 이르는 긴 백사장은 산호 가루로 이루어져 있어 발이 푹푹 빠지지 않고 부드럽게 걸을 수 있다. 모래 아래로 층층이 쌓인 에메랄드 바닷물이 투명하게 펼쳐지며, 바닷속 빨강, 파랑 산호들이 죽으면 흰색으로 변해 해변으로 밀려와 빛을 반사하니 눈부시게 아름답다. 하지만 이 산호 가루는 피부염을 유발할 수 있으니 몸이나 얼굴을 땅에 묻지 않도록 주의하라고 했다.

첫날은 구명조끼를 입고 바다로 나가 스노클링을 하는 '호핑투어' 일정이었다. 하지만 나이 있는 우리 팀은 무서워서 시도하지 못했다. 나도 아쉬움을 안고 포기했다. 대신 점심은 해물찜을 먹기로 했다. 왕꽃게 양념찜과 대형 새우찜, 오징어볶음, 풍성한 가리비찜까지 다양한 해물 요리가 한 상 가득 차려졌다. 얼큰하고 맛있어 모두가 배불리 먹고, 숙소로 돌아왔다.

호텔에서 수영복으로 갈아입고 카운터에서 비치타월을 빌려 해변으로 나갔다. 모래는 한국 해변처럼 뜨겁거나 거칠지 않고, 하얗고 부드러워 맨발로 걸어 다니기 좋았다. 바닷속도 맑고 투명해 바닥까지 훤히 보였고, 발이 푹푹 빠지지 않아 안전했다. 적당한 수심에서 우리는 동심으로 돌아가 수영을 즐겼다. 오후라 사람이 적어 한적한 바다에서 노래 부르고 수다를 떨며 배를 잡고 웃다가, 가이드와 만나기로 약속한 시간에 맞춰 우리는 바닷물에서 나왔다.

생쥐처럼 젖은 옷을 갈아입으려는데, 가이드는 배를 타면 다시 젖을 테니 그냥 타라고 한다. 석양 무렵에 세일링 보트는 멋진 추억이 될 거라며, 다섯 척의 돛단배가 우리를 기다리고 있었다. 옛사람들이 타던 배처럼 소박하고 운치 있는 모습이었다.

배에 오르는 계단도 없자, 작은 체구의 현지 청년들이 청아한 미소로 자신이 무릎을 내어주었다. 왜소한 청년의 무릎을 딛고 한 발을 올리는 순간 가슴이 울컥했다. 6, 25 이후 가족을 위해 무엇이든 마다하지 않고 일했던 우리나라 지난날이 떠올랐기 때문이다. 몇 달러의 생활비를 벌기 위해 최선을 다하는 청년들의 모습이 안쓰럽고도 애틋했다. 가난을 벗기 위한 그들의 소망이 빠른 기간에 이루어지기를 마음속으로 간절히 빌었다.

구명조끼를 입고 좌우로 3명씩 앉으라는 안내에 따라. 우리는 쇠파이프 두 개를 엮어 고기 잡는 그물을 잘라 만든 엉성한 망에 겨우 엉덩이를 걸쳤다. 좌우에 길게 매단 밧줄을 양손으로 꼭 잡았다. 배가 엉성하다고 불안해하는 사람도 있었지만, 우리는 모험이라 생각하며 그들을 믿고 출발했다.

순풍에 돛단배라더니 바닷바람은 파도를 넘실넘실 넘으며 우리를 태우고 거침없이 달려갔다. 에메랄드빛 바다 위를 달리는 쾌감은 기대 이상이었다. 눈이 왕방울같이 커지고, 창자까지 시원해졌다. 환상적인 노을과 시원한 바람이 메마른 마음을 촉촉이 적시니, 입가엔 저절로 웃음꽃이 피어났다.

신나게 달린 배는 뱃머리를 되돌려 다시 출발지로 향했다. 다른 배들과 부딪치지 않도록 좌우로 밧줄을 조절하던 검게 탄 젊은 사공의 모습은 듬직했고 노련했다. 어느새 바닷속으로 해가 잠기고, 담청색 어둠이 깔릴 무렵 우리는 숙소에 도착했다.

둘째 날은 '랜드투어' 일정이었다. 우리는 툭툭이를 타고 아름다운 해안을 따라 관광지를 한 바퀴 돌며 사진을 찍었다. 12대의 툭툭이가 일렬로 달리는 모습은 장관이었다. 산으로 올라갈 때보다 바다 쪽 내리막길을 달릴 땐 아슬아슬한 쾌감과 시원한 바람이 심장까지 청량하게 만들었다.

사각 액자 안엔 하늘과 에메랄드 바다가 그림처럼 펼쳐졌고, 빨강 하트 속엔 푸른 나무와 조각구름이 어우러졌다. 산자락 끝의 커다란 구멍은 푸른 하늘을 품고 있고, 그 아래로 옥색 파도가 춤을 춘다.

계단을 헉헉대며 올라간 전망대에서 내려다본 풍경은 비취색 바다 위에 패러글라이딩들이 새처럼 날아다니고, 건너편 작은 마을은 별천지처럼 빛났다. 야자나무에 조화꽃을 엮은 포토존 뒤로는 백사장과 에메랄드 바다, 띠를 두른 흰 구름과 청명한 하늘이 한 폭의 수채화처럼 펼쳐졌다.

이토록 아름다운 세상을 다시 볼 수 있다는 것, 교통사고로 산산이 부서졌던 내 몸을 재활로 회복해 얻은 삶, 지금의 나는 그 어떤 황금보다 귀한 보너스를 받은 셈이다.

▲ 보라카이에서

사막을 상상이 바꾼 도성

　인천공항에서 밤 12시에 출발한 에미레이트 항공 A380은 2층 구조의 거대한 비행기로, 웅장한 규모에 절로 입이 벌어졌다. 승객 800명을 태운 대형 항공기는 은하수 같은 밤하늘을 가르며 날아 시차가 3시간 느린 현지 시각 새벽 5시에 두바이에 도착했다. 두바이 공항은 규모도 크고 시설도 화려한 대형 터미널이었다. 가이드를 놓칠세라 우리는 바짝 붙어 다녔다.

　현지 가이드를 만나 아침 식사를 한 뒤, 오전에는 신도시를 둘러보았다. 세계적인 건축가들이 설계한 건물들은 독특하고 다양해, 보는 재미가 있었다. 특히 우리나라 삼성물산이 시공한 세계 최고층 빌딩 '부르즈 칼리파(160층)'와 LG가 지은 쌍둥이 건물을 보니 한국인의 기술력이 자랑스러웠다.

　두바이의 시작은 유목민 베두인들이 1799년 아비다드에 정착하여 어업을 하며 살면서부터다. 이곳에서 진주가 많이 나오자 인도 상인들이 몰려들었고, 부족 간에 왕권 다툼에서 패한 마크툼 왕자가 자식과 추종자 800명을 데리고 1833년 이주해 두바이를 세웠다. 현재 두바이는 제주도의 2.7배 면적에 185년의 역사를 지니고 있다. 석유가 발견되며 생활이 풍요로워졌고, 1998년 셰이크 모하메드 국왕은 석유는 10년도 못 갈 것을 예견하고 관광산업으로 눈을 돌렸다.

두바이 인구 301만 명 중 자국민은 15%에 불과하며, 주로 관리직에 종사한다. 나머지 85%는 외국인 노동자로 구성되어 있다. 한국인도 약 2만 명이 거주 중이며 서울대병원과 LG전자도 진출해 있다. 사막과 바다뿐인 땅에 엄청난 비용을 들여 바닷물을 정수하고, 인공호수를 조성해 나무와 잔디가 자라는 푸른 녹지를 만들고 있었다.

오후 일정은 인공 섬 '팜 아일랜드' 관광이었다. 국왕이 누워 달을 보다 야자수를 보고 아이디어를 떠올렸다고 한다. 전문가들은 비용 문제로 반대했지만, 왕의 뜻으로 오만에서 700만 톤의 방파제용 돌을 배로 실어 오고, 모래는 두바이 것을 채취해 섬 위를 덮었다. 그리고 4만 명의 노동력과 13조 원이라는 막대한 자금을 들여 2년 반 만에 만든 야자수 모양의 인공섬은 세계 8대 불가사의 중 하나로 꼽히게 되었다.

국왕이 세계 유명 인사들에게 직접 판매했고, 입소문을 타며 분양가는 4배로 치솟아 30억~50억 원 선까지 오르며 72시간 만에 완판되었단다. 해안에서 8km 떨어진 팜 아일랜드를 보기 위해선 헬기 투어나 스카이다이빙, 혹은 높이 15m의 모노레일을 15분 이용해야 한다. 우리는 모노레일을 타고 바다 한가운데 야자수 모양으로 펼쳐진 주택단지를 감상하며, 왕의 상상력과 추진력에 감탄을 금치 못했다.

삼성물산이 시공한 '부르즈 칼리파'는 2005년에 석유 고갈로 완공

직전 경제 위기를 맞아 2달간 공사가 중단되기도 했다. 그때 아부다비 대통령의 석유를 팔아주고, 대신 아부다비 대통령이 두바이 왕에게 10억 달러를 지원해 마무리될 수 있었다. 그 보답으로 건물 명칭을 '부르즈 칼리파'로 명명했다고 한다. 160층, 높이 829.84m에 이르는 이 초고층 빌딩은 바람 저항을 줄이기 위해 위로 갈수록 나선형으로 좁아지게 설계되었다. 멀리서도 은빛 외관이 별처럼 반짝여 장관을 이룬다.

밤에는 부르즈 칼리파의 야경을 감상하러 갔다. 1층 앞에서 보는 분수 쇼는 음악에 맞춰 물줄기를 140m까지 뿜어 올리며, 형형색색의 조명이 더해져 마치 춤을 추는 듯 환상적이었다. 엘리베이터를 타고 총알처럼 125층 전망대에 오르니, 눈 깜작할 새 도착하는 쾌감이 짜릿했다. 고층에서 내려다본 야경은 거리감이 있어 기대보다 감흥이 덜했지만, 위로 153층에 두바이 왕의 집무실이 있다고 하니 경외심이 들었다. 대한민국 국민으로서의 자부심을 느끼며 만족스러운 마음으로 호텔로 돌아왔다.

다음 날은 아부다비에 있는 세계 4대 그랜드 모스크인 '셰이크 자이드 그랜드 모스크'를 방문했다. 이곳 사람들은 남녀가 주로 흰색과 검정 전통 복장을 입고, 여성은 히잡(hijab)으로 머리와 목을 가린다. 우리 여성 관광객들도 손목과 발목이 드러나지 않게 긴 팔, 긴 바지를 입고 스카프로 얼굴을 가렸다.

입장 전에는 공항처럼 3차례의 보안 검색을 거쳐야 했고, 마지막 문까지 통과해야만 안으로 들어갈 수 있었다. 들어가는 입구는 뜨겁지 않게 특수 대리석을 깔았고, 흰 대리석과 화려한 문양은 웅장한 아름다움을 더해 주었다. 미나렛(기둥)이 많을수록 중요하고 규모가 커 돈이 많이 들어간단다. 모스크는 대형 돔 9개와 작은 돔 45개로 이루어졌고, 신자 4만 1천 명이 들어가는 대성전은 규모부터 압도적이었다.

특히 중앙 돔 아래 샹들리에의 보석은 무려 28억 원, 양쪽에 걸린 샹들리에도 각각 23억 원에 달한다고 하니, 그 사치스러움에 입이 다물어지지 않았다. 바닥에 깔린 카펫은 이란에서 1,200명이 손으로 짠 것으로 무늬가 정교하고 화려했다. 말 그대로 '그랜드'란 표현이 딱 어울리는 모스크였다. 예배 시간이 다가오자, 수많은 무슬림이 수돗물로 손발을 씻고 들어가는 모습도 인상 깊었다.

그 웅장함에 압도되면서도 마음 한 켠은 쓸쓸했다. 이 무더운 사막 기후에 온몸을 가리고 히잡을 쓴 체, 남성들의 감시를 받으며 살아가는 여성들, 6세부터 9세 사이에 결혼해 다처제 속에서 의상조차 자유롭게 입지 못하는 여성들을 보며 안타까움이 밀려왔다. 언젠가 이 땅에도 여성 인권의 새바람이 불어오기를 기도하며 우리는 다시 공항으로 향했다.

중국 서안을 가다

  설날은 언제나 아랫목 같은 그리움으로 다가온다. 그러나 올해는 익숙한 풍경을 벗어나, 중국의 고도(古都) 서안(西安)에서 색다른 명절을 맞아보기로 했다. 우리 가족은 2025년 2월 26일 낮 12시 30분, 섬서성 공항에 도착해 현지 가이드를 만나 버스에 올랐다.

  현지 가이드는 중국에는 한국의 '도(道)'에 해당하는 행정구역인 성(省)이 26개 있으며, 인구는 약 15억 명에 달한다고 한다. 지금 우리가 지나고 있는 곳은 섬서성(陝西省)으로, 약 3,700만 명이 거주하고 있으며, 이 섬서성 안에 있는 서안(西安)은 중국의 중앙부에 자리한 도시로, 약 700만 명이 살고 있단다.

  버스 창밖으로 한적한 강이 보였다. 가이드가 설명하길, 이곳이 바로 주나라 때 강태공이 낚시했던 위수강이라고 했다. 한때는 끝없이 넓은 강이었지만, 시대의 변천 속에서 지금은 작아진 물길은 황하강으로 흘러가고 있단다. 황하강의 길이는 5,464km로, 중국인들은 이를 '어머니 강'이라 부른다. 반면, '아버지 강'이라 불리는 장강(양쯔강)

의 길이는 6,300km에 이른다고 한다.

서안에 도착하니, 예상대로 유적지가 많은 도시였다. 서안은 고대 중국의 수도였던 장안(長安)의 옛 이름으로, 무려 72명 황제가 잠들어 있는 유서 깊은 곳이다. 또한, 중국 국가주석 시진핑의 고향이기도 하다.

다행히 숙소는 한 호텔에서 계속 머물 수 있었다. 주요 관광지 간 이동 거리는 길어야 90분, 대부분 20~30분 거리여서 비교적 이동이 편리하다. 매일 짐을 싸고 푸는 번거로움 없이 여행을 즐길 수 있는 덕분에 우리는 서안의 옛 제국의 역사와 현대 문화를 더욱 편안한 마음으로 체험할 수 있었다.

시내 공원으로 나가니 실크로드의 시발점이라는 거대한 조각상이 눈에 들어왔다. 말과 낙타에 실린 물건들, 떠나는 상인들의 결연한 표정까지 섬세하게 조각되어 있었다. 서안(西安)은 한무제 때 장건이 서역으로 파견되며 실크로드가 열린 곳이다. 그는 비단, 차, 도자기를 낙타 등에 싣고 로마까지 갔다. 그러나 그 여정은 험난했다. 흉노족에게 붙잡혀 감금되었다. 도망치기를 반복하며 질병과 굶주림에 시달려야 했다. 그렇게 16년이라는 긴 세월이 지나서야 겨우 돌아올 수 있었단다.

그날 밤, 우리는 실크로드를 주제로 한 공연 '낙타의 방울 소리'를 관람했다. 3,000명이 들어설 수 있는 거대한 화샤 문화 대극장은 360도 회전하는 객석을 갖추고 있었다. 덕분에 무대 전환 없이도 실크로드의 광활한 풍경과 상인들의 험난한 여정을 실감 나게 재현할 수 있었다. 실제 낙타와 늑대까지 등장해 장대한 실크로드의 숨결을 생생히 느껴졌다.

어둠이 내리자, 무대 위로 여러 마리 늑대가 모습을 드러냈다. 날 선

움직임으로 무대를 가로지르는 늑대들, 관객석에서는 긴장 어린 탄성이 흘러나왔다. 그 순간, 부처님이 떠오르듯 등장하고, 삼장법사의 기도로 성수(聖水)가 폭포처럼 쏟아져 내렸다. 10톤에 달하는 거센 물줄기가 안개가 되어 객석까지 퍼지자, 숨죽이고 있던 관객들이 환호성을 터뜨렸다.

이 공연은 단순한 볼거리를 넘어, 우리가 직접 체험하는 살아 있는 역사였다. 이천 년을 이어온 실크로드의 위대한 여정을 따라가며, 과거와 현재가 한순간에 맞닿는 듯한 전율을 느꼈다. 가족과 함께한 실크로드는 우리 기억 속에 오랫동안 남을 거대한 작품이었다.

저녁 식사 후 우리 가족은 불야성 거리로 나섰다. 순간, 나는 말을 잃고 말았다. 가로수마다 화려한 등이 주렁주렁 매달려 있었고, 거리 전체가 붉고 황금빛 물결로 출렁였다. 한겨울 찬 기운 속에서도 도시는 불빛으로 달아올라 있었다. 거리마다 음악과 영상, 조명과 조형물이 어우러져 마치 다른 세계에 들어온 듯한 느낌을 주었다.

그 거리는 '대당불야성(大唐不夜城)'이라 불리는, 당나라 시대의 변화한 문화를 현대적으로 재현한 테마 거리였다. 말 그대로 밤이 없는 도시였다. 어둠은 조명에 지워졌고, 밤은 축제로 물들어 있었다. 나는 가족들과 함께 그 불야성의 거리를 천천히 걸었다. 오래된 돌길 위로 쏟아지던 불빛은 마치 과거와 현재가 맞닿은 경계처럼 느껴졌다. 한참을 걷다 보니,

궁궐처럼 웅장한 건물이 눈앞에 나타났다. 황홀한 조명 아래, 입구에 '장안 등회 2025 대당 미미원(長安燈會 2025 大唐芙蓉園)'이라 쓴 흰색 글씨가 걸려있고, 그 위로 휘황찬란한 조명이 당나라의 전통 무

장을 갖춘 인물도 함께 장식되어 있다. 좌우에 용이 배치되고 용의 입과 눈이 생동감 있게 묘사되었다.

구름처럼 모여든 사람들은 너나 할 것 없이 고개를 들어 감탄사를 터뜨렸다. 전통과 현대가 어우러진 그 공간의 웅장함에, 나 역시 넋을 잃고 바라보았다. 가이드가 전기차를 불러왔다. 20여 명이 탈 수 있는 길쭉한 차에 몸을 실었다. 전기차는 느린 속도로 대당불야성의 야경 속을 달렸다.

양옆으로는 장미와 연꽃, 목련을 형상화한 조명과 조각상들이 끝없이 이어졌고, 동물과 신화 속 인물처럼 보이는 형상들이 어우러져, 마치 환상의 회랑을 걷는 듯한 느낌을 자아냈다. 그 수가 많은 빛의 파노라마 속에서 나는 어느새 어린아이처럼 눈을 반짝이고 있었다.

전기차에서 내려 고궁 같은 건물 안으로 들어가 엘리베이터를 타고 3층 전망대로 올랐다. 그곳에서 바라본 야경은 호수 너머로 펼쳐진 과거와 현재를 끝없이 이어주는 듯한 장관이었다. 물 위에 반사된 조명은 또 다른 세상을 펼쳐 보이는 듯했고, 설날 전야의 그 풍경은 마치 천상에 와 있는 듯한 착각마저 들게 했다.

숙소로 돌아오는 길, 우리는 행복으로 가득 차 있었다. 아이들은 반짝이는 눈으로 오늘 본 것들을 이야기했고, 어른들은 미소로 고개를 끄덕였다. 모두의 마음속에, 그 밤의 찬란함은 별처럼 박혀 있었다.

낯선 도시의 설날, 그 찬란한 불빛 속에서 나는 다시금 깨달았다. 시간은 흐르지만, 추억은 남는다. 가족이 함께 걸으며 바라본 빛, 그리고 함께 웃던 그 순간이야말로 인생을 살아가는데 가장 소중한 선물이라는 것을.

화산과 서안 묘

2025년 새해 아침이다. 우리는 세배드리고 덕담을 나눈 뒤, 호텔 식당에서 도가니탕에 찐만두를 넣은 간단한 아침 식사를 마쳤다. 샐러드도 곁들인 뒤, 화산으로 향하는 버스에 올랐다.

중국 오악(五嶽) 가운데 하나인 화산은 서안 근교에 자리한 험준한 산이다. 해발 1,600미터의 거대한 화강암 산으로, 그 경사가 심해 오르내릴 때 특히 주의가 필요하다고 한다. 매표소에서 티켓을 끊고 셔틀버스를 타고 15분쯤 달리니 케이블카 승강장이 나타났다.

입구에 들어서자, 마을 사람들의 새해맞이 행사가 한창이었다. 붉은 옷에 금박 장식을 입힌 옷을 입은 사람들이 배 모양의 금괴 모형을 들고 서 있었고, '福(복)' 자가 적힌 판을 든 남성들과 왕관을 닮은 화려한 모자를 쓴 어른들이 정겹게 인사를 건넸다. 영화 속 장면처럼 예쁘게 꾸민 붉은 드레스를 입은 어린이들까지, 축제의 분위기는 이국적이면서도 따뜻했다.

우리가 다가가자, 그들은 붉은 홍등을 건네며 새해의 복을 나누자는 듯 웃음을 지었다. 우리도 기쁘게 받아 들고, 화산 주민들과 함께 춤추며 새해 아침의 기쁨을 나누었다. 그들과 춤을 추며 순간순간을 사진에 담고 나서, 우리는 케이블카에 몸을 실었다.

여섯 명씩 탄 케이블카는 약 10분 동안 가파른 능선을 따라 올랐다. 상부에 도착하자마자 눈앞에는 가파른 계단이 아찔하게 펼쳐졌다. 15분 남짓 걸어 올라가자 드디어 화산 정상에 도착했다. 사방을 둘러보니 거대한 바위 봉우리들이 중첩되어 장대한 풍경을 이루고 있었다. 산 전체가 거친 화강암으로 이루어져 있어 위압적인 느낌을 주었고, 푸른 나무 하나 없는 눈 덮인 봉우리는 장엄하면서도 어딘가 쓸쓸한 분위기를 자아냈다.

정상에는 진무대제를 모신 진무전이 자리하고 있었다. 이렇게 험준한 산봉우리 위에 신전을 세웠다니 신비롭고 경이로웠다. 그러나 매서운 바람은 우리를 오래 머무르게 두지 않았다. 따뜻한 마을 사람들과 정을 나누었던 아침과 달리, 정상의 찬 기운 속에서 우리는 화산의 위엄을 가슴에 새기고 서둘러 하산했다.

점심 식사 후에는 도교의 성지인 서안 묘를 찾았다. 이곳은 도교의 창시자인 장포형이 춘추전국시대에 세운 유서 깊은 사원이다. 불교에서 대웅전이 중심인 것처럼 도교에서는 '호령 전'이 가장 크고 중심이 된다. 지붕 위에는 날개를 펼친 학이 조각되어 있는데, 이는 장 도령이 학을 타고 하늘을 올라갔다는 전설을 상징한다고 한다. 그 영향으로 도사들이 학을 타고 날아다니는 모습이 영화 속 장면으로 종종 등장한다는 설명도 흥미로웠다.

한 나라 시기, 한무제는 빈번한 자연재해와 쇠약해진 국운을 타개하기 위해 서안 묘에서 기도와 제사를 올렸다. 놀랍게도 이후 모든 일이 순조롭게 풀리자, 황제들은 해마다 이곳을 찾아 국태민안을 기원하게 되었고, 서안 묘는 국가적 성지로 자리매김하였다.

청나라 건륭제가 시안 묘를 방문했을 때, 사원의 상태는 많이 훼손된 상태였다. 그는 2만 냥이라는 거금을 들여 대대적인 보수를 진행하였고, 이를 기리는 공적비가 거대한 거북이의 등에 세워져 있었다. 수많은 세월 사람들이 쓰다듬었는지, 거북이 머리와 엉덩이는 반들반들 윤이 나 있었다. 반짝이는 거북이를 보자 막냇손자들이 그 윤기 나는 부분을 신기해하며 연신 만지고 웃는 모습이 무척 사랑스러웠다.

가이드는 거북이에 얽힌 전설을 들려주었다. 어느 날, 삼정법사가 강을 건너려 할 때, 강물이 깊고 넓어 건너기 어려운 상황이었다. 그때 거북이 한 마리가 나타나 "내 등에 올라타시오"라며 그를 도우려 했다. 그러나 이는 요괴의 속임수였다. 거북이는 삼정법사를 물속으로 빠뜨렸고, 화가 난 법사는 거북이에게 천벌을 내리고, 그 업장을 씻도록 비석을 지고 있게 했다는 이야기였다.

나는 그 이야기를 들으며, 성경 속에서 아담과 하와를 유혹한 뱀, 그리고 그 머리를 짓밟는 성모 마리아의 형상이 떠올랐다. 인간의 탐욕과 속임수, 그리고 정의의 심판이 동서양의 문화 속에서 비슷한 방식으로 전해져 내려온다는 사실이 참으로 흥미로웠다.

만수각으로 가는 길가에는 천 년을 훌쩍 넘겨 살아온 측백나무 몇 그루가 하늘을 향해 곧게 솟아 있었다. 여행을 많이 다녔지만, 이런 나무들은 처음이었다. 나는 넋을 잃고 바라보다가, 특히 1,040년 된 거대한 측백나무 앞에서는 말문이 막혀버렸다. 내 나이의 열세 배를 살아온 나무, 나는 조심스레 손을 얹고 나무의 거친 결을 어루만졌다. 천년을 지나 두 세기를 건너며 온갖 비바람을 견뎌낸 그 나무들의 생명력 앞에서 절로 숙연해졌다. 기념사진 한 장 남기며, 그 무게감 있는 감동을 마음 깊이 새겼다.

만수각은 황제들이 머물며 기도했던 장소로, 3층 높이의 웅장한 건물이었다. 황제를 상징하는 노란색 기와가 지붕을 덮고 있어 그 위엄을 더하고 있었다. 왕들이 이곳에서 밤을 보내며 나라의 안녕과 번영을 기원했다고 하니, 신비로운 기운이 감도는 것 같았다. 우리는 그곳에서 가족사진을 찍었다. 문득 고개를 돌리니, 아침에 올랐던 화산이 안갯속에서 희미하게 모습을 드러내고 있었다. 1,900여 년 전, 어떻게 이런 건축물이 가능했을까? 옛사람들의 지혜와 장인 정신이 새삼 경이롭게 느껴졌다.

만수각에서 내려와 옆 계단을 오르니 성벽 위를 걷는 길이 나타났다. 우리는 황제들이 걸었던 길을 따라 천천히 걸으며 잠시나마 그 시대의 정취를 느껴 보았다. 높은 성벽 위에서 내려다본 마을 풍경은 정겨웠다. 보리밭에는 파릇한 새싹이 자라고 있었고, 마을 사람들은 붉은 종이에 글귀를 써서 대문에 붙이고 있었다.

낮에는 성벽을 거닐며 풍경을 바라보고, 밤에는 달과 별을 올려다보며 옛사람들은 무슨 생각을 했을까? 과거와 현재가 교차하는 순간, 우리는 역사의 한 페이지 속을 거니는 듯한 감동에 젖었다.

▲ 1900년 된 서안묘가 있는 만수각

▲ 중국 서안 밤 풍경

진시황과 양귀비의 흔적을 찾아

　우리 가족은 당 현종과 양귀비가 머물며 온천을 즐기던 화청지(華淸池)로 향했다. 여산(驪山)이 병풍처럼 에워싸고 있었고, 그 품 안에 황실 온천이 아늑히 안겨 있었다. 산기슭 작은 분수 속, 백옥으로 조각된 양귀비가 우아한 자태로 서 있었다. 역사에 따르면 그녀는 키 150cm, 몸무게 70kg의 풍만한 체형이었으나, 조각상 속 양귀비는 키가 크고 당당한 기품을 지닌 여인으로 재현되어 있었다.

　화청지에는 황제들과 귀비의 취향이 녹아든 온천이 존재했다. 당 태종 이세민은 머리 위로 북두칠성이 보이는 직사각형 온천을 사용해 '성진탕(星辰湯)'이라 불렀고, 불교를 신봉한 당 현종은 연꽃 형상의 '연화탕(蓮花湯)'을 만들었단다. 양귀비는 해당화(海棠花) 향이 몸의 체취를 없애 준다 하여, 그 꽃을 띄운 물에서 목욕해 해당화탕이라 불렀다고 한다.

　당시 온천수는 섭씨 40도를 웃돌았고, 뜨거운 물은 빠른 속도로 흘렀다. 온천 옆에는 지열을 이용한 황토방이 있어, 황제와 양귀비가 옷을 갈아입거나 휴식을 취하는 공간으로 사용되었다. 그러나 지금은 유적 보호를 위해 물길을 돌려, 야외 탕 위에 새로운 건물이 세워졌다. 현재는 23도의 온천수가 솟는 두 곳의 샘만이 과거의 흔적을 간직하고 있었다.

궁중의 일상 중 흥미로운 일화 하나, 궁궐의 총주방장은 일반 탕, 상탕에서 홀로 몸을 씻을 수 있었고, 보조장들은 중간 탕을 사용했다. 반면, 손이 귀한 요리사들은 발조차 씻지 못했고, 용변 후에도 스스로 뒤처리하지 못한 채 남의 손을 빌려야 했다고 한다. 권력과 풍요 속에서 평안함을 누리려다 오히려 불편을 감내해야 했던 그들의 모습이 떠올라, 나도 모르게 웃음이 흘렀다.

당 헌종과 양귀비가 머물던 비상전(飛霜殿)은 침향나무로 지어져 은은한 향을 맡으며, 잠자리에 들었다. 건물 아래로 온천수가 흘러 마치 보일러처럼 방을 데웠기에, 한겨울에도 눈이 쌓이지 않고 이슬처럼 스며들 듯 녹아내렸다. 그래서 '서리가 내리지 않는 궁전'이라는 뜻으로 비상전이라 불렸다고 한다.

비상전 앞 호수에서 가족과 함께 사진을 남겼다. 이곳은 당 헌종과 양귀비의 사랑 이야기를 담은 장한가(長恨歌) 공연이 열리는 장소로, 호수 위로 무대가 떠오르고 여산(驪山)의 능선은 3,000여 개의 조명으로 별빛과 달빛을 연출한다고 한다. 양귀비는 줄을 타고 하늘을 나는 장면을 연기해 장관을 이룬다며, 스케일이 큰 공연이니 "따뜻한 계절에 다시 오라"는 가이드의 말이 더욱 아쉬움을 남겼다.

겨울에 방문한 우리는 장한가 공연 대신, 호수 위에서 양귀비가 긴 머리카락과 몸을 말렸다는 커다란 정자가 고요히 자리하고 있었다. 그

처마 끝에는 60~70cm에 이르는 고드름이 주렁주렁 매달려 있었다. 내 어린 시절, 친구들과 고드름을 따 먹으며 놀던 기억이 떠올랐고, 가족과 함께 그 시절의 추억을 이야기꽃으로 피워냈다. 그렇게 과거와 현재가 교차하는 순간을 지나, 우리는 진시황릉과 병마용갱으로 향했다.

버스에서 내려 약 15분쯤 걸었을까, 산처럼 보이는 진시황릉이 눈앞에 나타났다. 동서 345m, 남북 350m, 높이 43m에 이르는 거대한 흙 무덤 안에는 지하궁전이 존재하며, 그 아래로는 수은이 흐른다는 전설이 내려온다. 진시황은 어의의 불로장생 말을 믿고 수은을 복용하다가 49세에 생을 마쳤다. 그는 사후 세계에도 수은을 먹고 자 했는지 무덤 내부를 수은으로 채웠다. 2016년 X선 촬영 결과, 지하에 다량의 수은이 실제로 흐르고 있음이 확인되었다. 그 독성으로 인해 진시황릉은 언제 개방될지 모른다고 한다.

병마용갱은 진시황의 사후 세계를 지키기 위해 제작된 흙으로 구운 병사와 말의 군단이다. 병마에 대한 기록은 남아있지 않았다. 1974년 3월, 농민 양지 반이 우물을 파다 병마용을 우연히 발견하였다. 사람 형상의 유물이 나오자, 마을 사람들은 불길한 징조로 여기고 제사를 지냈다. 이후에도 출토가 계속되자 결국 시안 시청에 신고했고, 이를 통해 2,200여 년간 사후 세계를 지키던 병마용의 존재가 세상에 드러났다.

1978년부터 본격적인 발굴이 시작되어, 1979년 10월 6일 처음으로 일반에게 공개되었다. 당시 발굴된 병마용갱의 규모는 동서 길이 230m, 남북 너비 62m에 달했다. 대부분 병마용은 파손된 채 출토되어 원형대로 복원하는 작업에 오랜 시간이 소요되어, 2024년, 병마용 발굴 50주년을 맞이하게 되었다.

7개의 병마용갱 중, 지금은 1호, 3호, 2호 갱 순으로 공개되어 있으며, 세 곳에서 출토된 병마용만 7,000여 점에 이른다. 1호 갱에는 약 6,000기의 병사와 말이 전시되어 있고, 이들은 실제 인간과 같은 1:1 비율로 제작되었다. 키는 평균 173㎝, 모두 다른 얼굴을 하고 있어 정교한 수작업의 위엄을 엿볼 수 있다.

1호 갱 토담 옆에 전시된 병마는 보병으로 3열 또는 4열 종대로 여덟 개의 구간을 채운 수천 병사들이 출전을 앞두고 군령을 기다리는 천하무적 진나라 군대 같았다. 안으로 조금 더 걸어가니 요즈음 출토된 병마인지, 머리와 상체, 하체로 분리된 것을 복원 작업 중이고, 출구 쪽으로 더 나가니 그곳엔 복원 작업이 완성된 병사들이 주먹을 쥔 손에 구멍이 있다. 그 손은 창과 칼 무기를 들고 있던 주력 부대임을 알 수 있다. 복원된 말들도 맨 뒤 출구 앞에 진열된 것을 보면서, 내가 마치 사후 세계에 와 있는 착각이 들었다.

출구를 나와 오른쪽으로 돌아가니 3호 갱이다. 실내의 규모는 작았지만, 발굴도 층을 칼로 무 자른 듯 황토층을 매끈하게 파냈고, 5~6m 깊이의 바닥에 있는 병마들은, 병사들의 작전 지휘를 담당하던 사령부였던 것으로 보인다. 병마들이 마주 보며 배치되어 있고, 평균 키는 187㎝에 달했다. 일부는 머리가 없는 채로 출토되었는데, 이는 전쟁 중에 전사한 지휘관들을 상징했을 가능성이 있다고 학자들은 해석한단다. 말들을 제작해 둔 것은 사후에도 출정을 명하면 곧바로 나설 수 있도록 준비한 의지의 표현 같았다.

2호 갱은 앉아서 활을 쏘는 병사들이 배치된 공간이다. 2024년 발굴 당시, 병마용은 얼굴, 머리카락, 손톱, 갑옷, 허리띠, 신발 등 여섯 부위에 다양한 색이 칠해져 있었으며, 손금까지 섬세하게 새겨졌단다. 신발 바닥에는 미끄럼 방지를 위한 줄무늬까지 표현되어 있었다. 그러나 출토 후 불과 3~15일 사이에 색이 산화되어 대부분 사라졌다. 이에 따라 2호 갱 내부에 새로운 연구 시설이 마련되어 색소와 재료에 관한 정밀 연구가 다양하게 이루어질 것 같다.

갱을 따라 나가다 보면 유리관 속에 말고삐를 쥔 병사, 활을 겨눈 병사, 계급 미상의 건장한 지휘관 병마들이 유형별로 전시되어 있다. 혼이 들어가면 나에게 튀어나올 것 같은 신기한 형상을 보면서 이렇게 사실적인 병마를 만든 사람이 궁금하다. 보면 볼수록 감탄이 절로 나왔다.

2,200년 전, 진시황은 중국을 최초로 통일하며 법과 행정, 화폐와 도량형(길이, 무게, 부피 단위), 문자를 통일했고, 만리장성을 축조하며 흉노의 침입을 막고 전국의 도로망을 정비한 위대한 통치자였다. 그러나 개인의 욕망인 아방궁과 거대한 진시황릉 건설로 백성들에게 가혹한 노동을 강요했고, 불로초를 찾아다니다 국가 자원을 낭비했다. 결국에 그는 불로장생을 꿈꾸며 수은을 복용하다 짧은 생을 마쳤으며, 그의 위대한 제국은 단 15년 만에 멸망하고 말았다.

진나라는 사라졌지만, 진시황이 백성들의 피와 땀으로 남긴 병마용 덕분에 하루 3만 5천여 명의 관광객을 시안으로 이끄는 문화유산이 되었다. '중국의 8대 불가사의' 라 불리는 병마용갱 앞에서, 찬란했던 제국의 그림자와 그 유산의 힘을 깊이 실감하며 돌아왔다.

▲ 당 현종이 양귀비와 놀던 정원

▲ 진시황의 병마용갱에서

마음은 청춘인데

봄바람에 실린 꽃향기가 콧잔등을 타고 오르면, 내 가슴속에 숨겨두 었던 용이 트림을 하며 여행을 가자고 채근한다.

동양의 그랜드 캐니언이라 불리는 태항산 비경을 가자는 카톡이 도 착했다. 다리 때문에 망설이고 있는데, "힘들면 끝까지 안 가셔도 됩 니다." 가이드가 속삭인다. 명산은 이번이 마지막일지도 모른다는 생 각에 무작정 따라나섰다. 태항산에 도착하니 어느덧 초여름, 짙어진 녹음이 반긴다. 병풍처럼 둘러진 바위 띠, 입구에서 올려다본 순간 가 슴이 뿌듯해진다. 허베이, 하남, 산서 세 성에 걸쳐 남북 600km, 동서 250km에 이르는 거대한 태항산맥. 그 위용 앞에 나도 모르게 숨을 고 르고 있었다.

몇 해 전, 금강산의 오밀조밀한 일만 이천 봉우리를 둘러보며 자연의 정교함에 감탄한 적이 있다. 그 후 장가계에서 마주한 고층 빌딩처럼 솟은 기암괴석들을 보며, '산이 높아야 구렁도 깊지'라는 노랫말이 떠 올랐다. 바위틈에 뿌리를 내리고, 모진 비바람을 견디며 우뚝 선 소나무들의 자태는 참으로 아름답고도 경이로웠다.

계단을 따라 돌고 돌아 내려오던 길, 골짜기를 타고 스며드는 운해는 한 폭의 동양화 같았고, 구름이 흐르고 바람이 지나가며 산의 형상은 시시각각으로 달라졌다. 그 찰나의 풍경 앞에 나는 황홀감에 젖어 그만 탄성을 터뜨리고 말았었다.

문득 이런 생각이 들었다. 장가계가 섬세하고 아름다움을 지닌 여인이라면, 태항산은 늠름한 사나이처럼 느껴졌다. 모든 생명을 품은, 거대한 대지의 품 같았다.

하느님의 손끝은 얼마나 예리하신지, 그분이 빚으신 산야는 마디마디가 아름다웠다. 산마루를 굽이돌 때마다 절벽 위에 드리운 안개는 한 폭의 산수화처럼 신비롭다. 나는 황홀감에 취해 "야–" 하며 외쳤다. 발아래 펼쳐진 협곡, 그리고 나를 껴안듯 부는 중원의 바람에 가슴은 시원하고, 몸은 날아갈 듯 짜릿하다. 노아정 450m 좁은 계단을 올라가면 천국이 있을 듯했지만, 남은 일정의 무사한 여행을 위해 포기했다.

풍경구의 구불구불한 절벽 길, 이른바 '개벽 공로'는 30년 전 곽량촌 주민들이 직접 곡괭이 삽, 망치로 13년에 걸쳐 만든 터널이다. 길이 1.2km, 높이 5m, 폭 4m. 그들은 고개 넘어 사람들과 소통을 위해서다. 후손들의 장래를 위해 얼마나 친교가 간절했으면, 뚫고 또 뚫으며 그 어렵고 힘든 과정을 끈기와 집념으로 해냈을까? 개인은 약하지만 함께하면 불가능이 없다는 우리 새마을 정신처럼, 그 단결력과 집념에 감탄이 절로 나온다. 지금 우리가 아름다운 기암괴석을 오를 수 있는 것도, 그 위대한 사람들의 땀과 의지 덕분이다. 터널을 지나는 모든 관광객이 그들의 공로에 경의를 표할 것이다.

수직 암반의 유리잔도를 걸을 때는 짜릿한 전율이 온몸을 감쌌다. 사진을 찍다가, 현기증 난 친구가 빨리 가자며 재촉했다. 우리는 사십 대 주일학교 자모 시절, 황소라도 잡을 기세로 봉사하던 8명의 친구이다.

기쁨과 슬픔을 함께 나눈 세월. 어느덧 눈에 보이지도 않는 바람이 우리를 칠십 중반에 실어다 놓았다. 마음은 여전히 청춘인데, 머리는 백발이 되고 손발은 둔해졌으며, 기억은 모래알처럼 손가락 사이로 빠져나간다. 그 아쉬움을 웃음으로 달래다 보니, 짜릿했던 잔도의 체험도 끝이 났다.

팔천협은 세 곳에서 시작된 물줄기가 여덟 갈래로 갈라졌다가 다시 모이고, 다시 여덟 갈래로 나누어진다고 해서 붙여진 이름이란다. 사람이 접근할 수 없던 협곡에 길을 내고, 절벽을 막아 만든 고협평호댐이다. 3년의 개발 끝에 2016년 시민들에게 개방된 수심 60m의 인공호수다.

유람선을 타고 깎아지른 암벽 사이를 지나며, 부딪칠 듯한 스릴에 황홀한 탄성이 쏟아졌다. 길이 2,970m 케이블카를 타고 하늘에서 팔천협을 굽어보니, 절경이 끝이 없었다. 그 긴 거리를 공중에 띄어낸 사람들의 기술에도 경외감을 느꼈다.

옥황각 전망대에서 내려오는 길은 한층 가팔랐다. 나무 계단은 수직에 가깝고, 나는 다리가 아파 한 발 한 발 겨우 옮겼다. 가슴은 콩닥거리고, 진땀이 나게 걸어도 일행과의 거리는 점점 멀어졌다. 1시간을 어떻게 내려가야 할지 앞이 캄캄했다. 앞뒤에서 함께해준 친구들이 고마웠지만, 다른 일행들은 천공성 엘리베이터 휴게소에서 20분 넘게 기다려야 했다. 맛있는 점심을 늦게 먹게 되어 미안한 마음이 컸다. 결국 오후 코스는 피해를 줄까 봐 포기했다.

　이번이 마지막 명산일 것 같아 떠난 여행, 상상봉까지 가지 못한 채 마무리해야 했던 나는 못내 아쉬웠다. 여행은 가슴 떨릴 때 가야지, 다리가 떨릴 때 가는 것이 아니라는 말, 절절히 와 닿았다.

▲ 중국 태항산에서

하룻밤에 만리장성

친목회에서 부부 동반으로 중국 여행을 떠났을 때의 일이다.

북경에서 처음 만난 가이드는 연변 출신이었다. 그의 아버지는 춘천 효자동에서 태어났는데, 어린 시절 부모를 따라 연변으로 이주해 살게 되었다고 했다. 춘천이 고향인 일행을 만나 반갑다며 활짝 웃는다.

그는 연변에서 태어나 북경에서 의학을 공부한 소아과 의사라고 자신을 소개했다. 88 서울올림픽 무렵, 한국 기업이 중국에서 처음 인허가를 받을 당시. 그는 정부 통역을 맡았다. 일이 잘 성사된 덕분에 한국에서 감사의 의미로 자가용을 보내왔다고 한다.

그 시절, 병원장은 월급으로 우리 돈 70만 원을 받고도 트럭을 탔다. 자신은 50만 원을 받으면서 자가용을 몰고 다녔으니, 마음이 영 편치 않았다고 했다. 이후에도 정부 일로 통역을 자주 맡게 되면서, 한국어에 능한 자신은 의사보다 가이드가 더 잘 맞겠다는 판단이 들었다며 직업을 바꾸게 된 이유를 들려주었다. 의사보다 수입도 세 배가 늘어 자부심이 대단했다.

그는 진지한 표정으로 말을 이었다.

"중국은 대국(大國)이지만, 지도자를 잘못 만나 못사는 나라가 되었어요. 반면 한국은 소국(小國)이지만 좋은 대통령을 만나 잘사는 나라가 되었지요, 여러분이 참 부럽습니다."

그러면서도 15년쯤 지나면 중국도 한국을 따라잡을 수 있다며 강한 자신감을 보였다. 그의 말투와 지식에는 묘한 설득력이 있었다.

다음 날, 우리는 만리장성(萬里長城)으로 향했다. 만리장성의 시작은 춘추 시대 제(濟)나라에서 비롯되었고, 전국시대에 이르러 초(楚), 위(魏), 연(燕). 조(趙). 진(秦) 등 여러 나라가 북방의 침입을 막기 위해 각각 성을 쌓았다. 기원전 221년, 진시황이 중국을 통일한 뒤, 몽염 장군에게 명하여 흩어진 성들을 보수하고 연결하여 만리장성을 완성케 했다. 동쪽은 요동(랴오닝성), 서쪽은 임조(간쑤성)에 이르렀다고 전한다.

현재 남아있는 장성 유적은 허베이성 산해관(山海關)에서 간쑤성 지위관에 이른다. 지도상의 길이는 약 2,700km이지만, 산세의 기복과 중첩된 구조까지 포함하면 총연장은 5,000~6,000km에 달한다. 2,000여 년 전, 이런 거대한 산성을 쌓았다니, 과연 '대국'이란 이름이 허명이 아니었다.

버스에서 내릴 즈음, 가이드는 "하룻밤에 만리장성을 쌓는다는 말의 유래를 아십니까?"라고 물었다. 모두가 고개를 저었다.

"옛날에, 한 마을에 고운 새색시가 시집을 왔다네요. 그런데 결혼한 지 얼마 안 되어 남편이 만리장성을 쌓으러 끌려갔어요. 한번 가면 돌아오기도 어렵고 소식조차 알 길이 없는 곳이었지요. 슬픔에 잠긴 새색시에게 어느 날 이웃집 젊은 남자가 다가왔어요. 남편이 없는 틈을 타 접근한 거지요. 그가 글을 모른다는 걸 알고 아낙은 계략을 세웁니다. '하룻밤만 같이 자요. 대신 제가 편지를 써줄 테니 누구에게도 보여주지 말고, 만리장성에 가서 제 남편을 찾아 전달하세요. 그가 답장을 써주면 다시 날 볼 수 있어요.' 그렇게 하룻밤을 보내고 편지를 받아 간 남자는 장성으로 향합니다. 남편에게 보낸 편지에는 '이 편지를 가지고 간 사람을 대신 들여보내고, 당신은 돌아오세요.' 라고 적혀 있었어요. 부인의 지혜로 남편은 돌아올 수 있었고, 자녀도 낳고 남은 생을 잘 살아갔다고 해요. 그 남자는 결국 성을 쌓다 죽었고, 그래서 지금도 간절한 사정을 빗대어 '하룻밤에 만리장성을 쌓는다.' 는 말을 한다네요."

가이드의 이야기를 들으며 우리는 어느새 만리장성 초입에 도착했다. 눈길 닿는 곳마다 푸른 산이 겹겹이 이어지고, 성벽은 하늘 끝으로 사라지듯 이어진다. 돌계단은 까마득하고, 청명한 봄 햇살 아래 땀은 등을 타고 허리로 골을 이뤘다. 더위에 지친 남편과 일행들은 중간에 발길을 돌렸지만, 나는 오기로 계속 걸어 올라갔다.

가도 가도 끝없는 길, 그러다 어느 초소 앞에서 더 이상 통과가 안 되었다. '꿈도 야무졌지, 이 긴 장성을 다 가 보겠다니!' 나의 어리석음에 웃음이 나왔다. 한참을 혼자 웃고는 돌아섰다.

내려오는 길, 생각이 많아졌다. 이 험한 산속으로 끌려온 이름 모를 촌부들이 얼마나 고향을 그리워했을까? 밤이면 별과 달을 바라보며, 한숨과 눈물 속에 돌을 쌓다 이름도 남기지 못한 채 사라진 그 수많은 생명. 그들의 희생이 있었기에 오늘 우리는 이 웅장한 장성을 보고 감탄하며 지나가는 것이리라.

만리장성은 지금도 수많은 관광객이 북적이고, 중국은 그것으로 큰 경제적 호황을 누리며 이득을 본다. 하지만 정작 그 안에 잊힌 수많은 영혼이 있다. 누가 그들의 한을 달래줄까? 가슴이 뭉클해진다.

'우리 일행도 덕분에 귀한 구경 잘하고 갑니다. 고생하신 영령들이여, 부디 좋은 곳에서 편안히 잠드소서.'

북해도의 기억

동생의 환갑을 기념하며 북해도로 여행을 떠났다. 인천공항에서 12시 10분 비행기에 올라 치토세 국제공항에 15시에 무사히 도착했다. 다시 관광버스를 타고 두 시간쯤 달리니 도야 선 팰리스 호텔이 모습을 드러냈다.

가이드는 "일본에 오셨으니, 기모노를 입고 식사하시지요."라고 권했다. 기모노는 왼쪽 깃이 위로 오도록 입고, 벨트는 뒤에서 나비 모양으로 묶는다. 남자들은 예전 사무라이들이 칼을 찼던 전통 때문에 앞이나 오른쪽에 묶는다고 했다. 기모노에 유카타를 입고 동생과 함께 거울 앞에 서니 공연 무대에 오를 때보다 더 어색한 모습에 웃음이 터졌다.

그 차림으로 쑥스러움을 감추며 식당에 들어서자, 모두가 같은 복장이어서 누가 일본인이고 한국인인지 분간하기 어려웠다. 언어를 듣고서야 겨우 구별할 수 있었다. 간단히 저녁을 먹고 게르마늄 온천탕으로 향했다.

넓은 대욕장을 지나 문을 열고 나가니 안마탕, 열탕, 중탕이 이어지고, 다섯 계단을 내려가니 노천온천이다. 눈앞에는 사계절 얼지 않는 도야호가 펼쳐졌다. 10km 직경의 이 호수는 네 개의 섬을 품은 채 푸르게 반짝이고 있었다. 화산 폭발로 생긴 이 부동호는 그 깊이만 해도 최고 수심 180m에 달한다고 한다. 뜨거운 온천수에 몸을 담그고, 섬에서 불어오는 시원한 바람을 맞으며 사색에 잠기니 긴 여정의 피로가 말끔히 씻기는 듯했다.

이튿날 아침, 밤사이 내린 눈이 발을 푹푹 빠지게 했다. 조식 후, 우리는 쇼와신산으로 향했다. 1943년 화산 폭발로 생성된 해발 402m의 이 붉은 산은 지금도 내부에서 활동이 계속되고 있어 식물 하나 자라지 못한다고 한다. 흰 눈이 펄펄 내리는 산 중턱을 눈을 크게 뜨고 자세히 보니 뽀얀 연기가 모락모락 피어오르는 것이 보였다.

이 산에는 특별한 이야기가 전해진다. 당시 우편배달부였던 이마무라 마사오는 대피령에도 불구하고 사명감을 가지고 배달을 계속했다. 보리밭을 지나던 어느 날, 땅에서 연기가 피어오르더니 우르릉 쾅쾅 불기둥이 솟아올랐다. 그는 나뭇가지에 실을 매달고 매일 같은 자리에서 땅의 변화를 관찰했고, 90일 동안의 기록은 훗날 학계에서 소중한 지질 연구 자료가 되었다.

학자들과 관광객들의 발길이 잦아지며 산이 훼손되자, 그는 깊은 죄책감을 느꼈다. 결국 조상 대대로 내려온 밭과 집을 팔고, 자신이 모은 월급까지 보태 산 주변 땅을 구매해 국가에 기증했다. 쇼와신산은 국립공원으로 지정되었고, 그는 소유권도 내려놓은 채 "자연에 인간의 냄새를 남기지 말라"라고 당부했다. 정부는 그의 뜻을 기려 공원 입구에 우편배달부 동상을 세웠고, 자손에게는 작은 매점을 운영할 수 있도록 허락했단다.

다음 행선지는 노보리베츠 지옥 계곡이었다. 하얗고 뿌연 강이라는 뜻의 노보리베츠는 원시림으로 둘러싸인 협곡이었다. 눈이 펑펑 내려 발목까지 빠졌지만, 유황 냄새가 코끝을 찌르자, 낯설고도 묘한 감정이 일었다.

전망대에 올라 내려다보니, 앞산이 하얀 눈과 붉은 황톳빛이 뒤섞여 기묘한 조화를 이루고 있었다. 군데군데 난 작은 구멍에서는 아지랑이처럼 피어오르는 수증기가 올라오고, 그 틈으로 노란 유황 물줄기가 졸졸 흘러내렸다. 생명체 하나 없는 풍경 속에서 땅이 살아 숨 쉬는 듯한 기운이 느껴져, 이곳이 현실이 아닌 다른 세계처럼 다가왔다.

삿포로 아파 리조트 호텔에 도착해 식사를 마친 후, 조금 전, 계곡에서 보았던 유황온천이 피부병에 좋다 해서 다시 몸을 담갔다. 처음 들어간 탕은 뜨거워 야외 탕에 오래 머물렀다. 마유(말기름)로 만든 샴푸와 보디클렌저 덕분인지 피부가 부드럽고 개운했다. 푹 자고 일어나 오오 도리 공원으로 향했다.

이 공원은 1950년, 삿포로 중, 고등학생들이 만든 눈 조각 축제에서 시작되어 지금은 세계적인 눈 축제로 성장했다. 눈과 얼음으로 예쁘게 조각한 축제가 이틀 전 끝났다고 했지만, 잔설 속 산책은 그것만으로도 낭만이었다. 동생과 둘이 눈 쌓인 길을 뽀드득 소리를 내며 걸어 구 청사로 향했다. 붉은 벽돌로 지어진 구 도청사는 네오바로크 양식의 아름다움이 살아있고, 눈 쌓인 외관은 마치 동화 속 궁전 같았다.

마지막으로 들른 곳은 시로이고 이 비트 테마파크, 북해도를 대표하는 과자와 빵의 제작 과정을 직접 볼 수 있었고, 마치 동화 속 마을처럼 꾸며진 정원과 전시관은 아이들뿐 아니라 어른들의 감성까지 자극했다. 넓은 정원에는 계절마다 다양한 볼거리가 마련되어 있고, 대형 인형들이 음악에 맞춰 회전하며 공연하는 모습은 순수한 동심을 떠오르게 했다. 함박눈이 펑펑 쏟아지던 그날, 테마파크의 포근한 온기 속에서 나는 여행의 마지막 페이지를 따뜻하게 덮을 수 있었다.

다음 날 아침, 눈 쌓인 길을 따라 오로라 박물관으로 향했다. 크지 않은 공간이었지만 안으로 들어서는 순간, 곧장 환상의 세계로 빠져드는 듯한 기분이 들었다, 진열장마다 유리로 만든 소품들과 수공예 액세서리들이 빛을 머금은 채 반짝이고 있었다. 각기 다른 색과 모양을 지닌 유리 소품들은 하나의 우주처럼 신비로웠고, 작지만 깊은 감동을 안겨 주었다.

전시실 안에서는 북극의 오로라가 생생하게 펼쳐졌다. 초록빛 물결이 밤하늘을 수놓는 장면은 마치 마음속을 스쳐 가는 어떤 기억처럼 황홀하고도 아득했다. 오로라의 여운을 안고, 상어 세 마리가 힘차게 뛰어오르는 유리 작품을 동생과 함께 구매해 전시실을 나왔다.

이어 찾은 오쿠라산야마 스키 점프장 전망대, 1972년 삿포로 동계올림픽이 열렸던 이곳은 눈으로 뒤덮인 산자락 위에 우뚝 솟아 있었다. 리프트를 타고 정상으로 오르는 길, 겨울바람이 옷깃을 파고들고, 눈송이는 소복이 내려앉았다. 전경이 눈 아래로 시원하게 펼쳐지는 정상에 서자, 도시와 설경이 어우러진 풍광에 감탄이 절로 나왔다.

선수들이 하늘을 가르며 날아오르던 급경사 점프대를 마주하니, 나도 모르게 마음이 뻐근해졌다. 긴 여운을 남기는 풍경 속에서 짧았지만 깊이 각인된 여행의 마지막 순간을 천천히 음미했다.

기온은 춘천과 비슷했지만, 북해도에서 맞이한 그해 첫눈은 유난히 따뜻하게 느껴졌다. 마치 동생의 환갑을 축복해 주는 하늘의 선물 같았다. 함께 웃고 함께 걸으며 마음속에 소복이 쌓인 추억은 하얀 눈처럼 포근했고, 시간이 지나도 사라지지 않을 것이다. 언젠가 이 땅을 다시 찾는 날, 오늘의 기억들은 유리 소품처럼 반짝이며 내 마음을 환하게 비춰줄 것이다.

▲ 일본 북해도 쇼와신산에서

죄인 아닌 죄인

몇 년이 흘렀는데도 주유소 아저씨는 여전히 기름을 넣어주며 "코로나 동지 잘 계셨어요?"라며 농담 반 진담 반 인사를 건넨다. 그 말을 들을 때마다 그날의 기억이 되살아난다.

2020년 8월 22일 토요일 오후 2시 17분, 휴대폰으로 문자가 도착했다.

"코로나19 진단을 받지 않으면 벌금 200만 원."

이유는 단순했다. 8월 15일, 광화문 스타벅스에서 친구들과 커피를 마신 뒤 돈가스를 먹으러 간 사실 때문이었다. 광화문에 있었으니 집회에 갔을 것이라는 추정이었다.

하지만 나는 다리가 불편해 먼 거리를 걷기도 힘들었고, 그날은 폭우까지 쏟아져 집회에 갈 형편이 아니었다. 아무리 설명해도 소용없었다. 휴대폰 기록이 증거라며 검사를 받으라는 지시뿐이었다.

8월 23일, 뜨거운 햇볕을 받으며 보건소가 검사를 받았다. 내 몸에는 아무 이상이 없었는데 밤 9시 59분, '양성'이라는 통보 전화가 걸려왔다. 곧바로 밤 11시 6분까지 동선 조사가 시작됐다. 가래나 기침, 열도 없다고 호소했지만, '무증상 확진자'라는 낙인은 지워지지 않았다. 그것은 마치 뒤집어 보여줄 수도 없는 버선목 같았다.

다음 날 아침 8시부터 보건소 전화 4대와 핸드폰 4대가 쉴 새 없이 울렸다. 하루 41통, 8월 15일부터 21일까지의 일정을 분 단위로 캐물었다. "택시를 몇 시에 타고, 버스는 어디서 내렸으며, 병원은 무슨 병원 어느 과, 은행은 몇 번 창구였는지, 마트에서는 무엇을 샀는지, 심지어 입은 옷까지 CCTV로 확인했다. 성남 차병원에 갔다고, 성남 보건소에서 세 번 전화가 오고, 차병원 지하까지 통제하고 방역을 했다고 했다.

8월 24일 저녁, 나는 앰뷸런스를 타고 차에서 레벨 D 방호복을 입고. 강대병원 음압 병동으로 옮겨졌다. 각종 검사가 밤늦도록 이어졌다.

다음날 나만 엑스레이 찍고, 오후 3시쯤 다시 코로나 검사를 두 번씩 하기에 물어보니, 이상해서 다른 기관으로도 보낸다고 했다. 새벽 12시 40분, 간호사가 깨워 "음성"이라 통보하며, 9206호 병실로 옮겨졌다. 넓은 방에 홀로 격리되었다.

입원 첫날, 27시간을 함께했던 옆 침대는 일산 사는 딸이 와서 기침을 심하게 하며 3일 머물다 갔는데 17일 일산 보건소에서 양성이 나왔다. 결국, 가족이 모두 확진 판정을 받아 강대 병원에 입원했고, 그녀 역시 뒤늦게 양성 판정을 받아 같은 병실에 입원했다.

그녀는 기침하다 피를 토하고 목욕 중 주삿바늘이 빠져 화장실 바닥이 피로 물들기도 했다. 그 곁에 있던 나는 불안과 두려움, 분노에 휩싸였다. 멀쩡한 나를 왜 확진자 옆에 두어 혹시라도 코로나가 전염될까 무서웠다. 머리가 아프다 하니 간호사는 타이레놀 한 알을 가져왔다.

큰 병실로 격리된 후 엑스레이 촬영과 코로나 검사를 두 차례 더 받았다. 보건당국으로 보낸다고 했다. 이틀 뒤인 8월 28일 오전 10시 15분, 보건소에서 문자가 도착했다.

"귀하의 코로나19 검사 결과는 음성(Negative)입니다. 마스크 착용, 손 씻기, 위생 수칙을 철저히 준수하여 주시고 거리 두기에 적극 동참하여 주시기 바랍니다."

분명 음성이라는 결과가 나왔지만, 퇴원은 허락되지 않았다. 연일 방송에서는 음압 병동이 부족하다고 아우성인데, 나는 텅 빈 큰방에서 약도 치료도 없이 도시락만 축내고 있었다. 그 사실이 민망해서 마음은 좌불안석(坐不安席)이었다.

음압 병동 생활은 고통이었다. 목이 말라도 더운물 한 모금 얻을 수 없었다. 나갈 수 없으니, 간호사에게 부탁하면 "생수 드세요."라는 대답뿐, 세면대에 생수병을 담가 미지근하게 만들어 겨우 목을 축이니 살 것 같았다.

검사는 끊임없이 이어졌다. 8월 24일부터 9월 2일까지 코로나 검사를 여섯 차례나 받았고, 모두 음성으로 나오자 그제야 퇴원이 허락되었다.

"재수 없으면 마른하늘에 날벼락 맞는다더니." 코로나는 눈 달린

괴상한 전염병인가 보다. 8월 15일 광화문 집회나 콩나물시루처럼 붐비는 지하철은 피해 가고, 같은 날 태극기를 들고 광화문 집회에 간 사람들과 사랑제일교회 교인만 전염되었다며, 날마다 방송이 나라를 떠들썩하게 했다.

그러나 억울함은 거기서 끝나지 않았다. 주유소 아저씨가 기름을 넣으러 왔다가 "괜찮으세요?" 하고 묻더니, 나를 원망했다고 한다. 이유인즉 우리 집에 기름을 넣어주었다고 코로나 검사를 받게 됐고, 카드를 주고받으며 접촉했다는 이유로 2주 동안 자택 격리를 당했다는 것이다. 그의 아내와 딸들까지 자가격리로 일을 못 나가면서 가족들 사이에 원망이 쌓였단다. 그는 밥을 못 먹어 병원에서 위, 대장, 소장 검사를 받았더니 병명은 스트레스였다고 했다.

내가 이틀 후 음성 판정을 받자마자 신속히 다른 사람들에게 통보해주었더라면 막을 수 있었던 일들이었다. 방역 당국은 숫자 관리에만 몰두했고, 개인과 각 가정의 고통은 뒷전이었다.

나는 감염되지 않았음에도 '죄인 아닌 죄인'으로 취급받았다. 택시 기사, 버스 기사, 마트 직원, 은행 창구 직원과 그 가족들까지 나를 원망했을 것이다. 병실에서 치료도 약도 없이 도시락과 생수만으로 지낸 8일간은 내게 형벌 같았다,

그러나 돌이켜보면 피를 토하던 확진자와 27시간이나 함께 있었음에도 전염되지 않은 것은 분명 하느님의 은혜였다. 세상은 나를 죄인으로 몰았지만, 오히려 생명을 지켜주신 하느님의 손길을 깊이 느끼며 나는 감사의 무릎을 꿇을 수밖에 없었다.

예수님, 나 어떡해요

    일에 파묻혀 지내던 어느 날, 딸이 영화 보러 가자며 손을 내밀었다. 함께 하고 싶은 마음은 굴뚝같았지만, 몸살로 손끝 하나 까딱할 힘조차 없었다. 나는 딸을 달래어 사위와 손주들과 함께 영화관으로 보내고, 홀로 방에 들어가 옷을 갈아입으려 했다.

    그 순간, 힘이 빠진 몸이 바닥으로 꺼지듯 주저앉으며 골반이 먼저 떨어져 내릴 듯했다. 사흘 뒤 공연을 기다릴 환자들의 얼굴이 번개처럼 스쳐 지나갔다. 환히 웃으며 손뼉 치던 눈빛이 떠오르는 순간, 본능처럼 십자가를 향해 외쳤다.

    "예수님, 나 어떡해요!"

    나이 든 사람들이 골반을 다친 뒤 몇 달, 아니 몇 년을 힘겹게 보내는 모습을 수도 없이 보아왔다. 만약 나도 그렇게 된다면, 사업도 봉사도, 모든 일을 접어야 한다. 그때, 기적처럼 내 몸이 살짝 옆으로 밀리며 침대 곁에 부딪혔다. 등에서 불꽃이 튀듯 통증이 번쩍 스쳤다.

    '아… 큰일 났구나.' 겁이 났지만, 마음을 가다듬고 침대를 짚으며 간신히 올라가 누워 보았다. 아픔은 있었으나 누울 수 있었다. 뼈가 부러지진 않은 듯하여 감사한 마음이 절로 들었다. 그날 밤, 등 전체가 쑤셔 제대로 잠을 이루지 못했다. 나는 속으로 간절히 기도드렸다.

"주님, 제가 아직 해야 할 일이 많습니다. 저를 도와주세요."

새벽이 오기 전, 통증은 파도처럼 몰려왔다가 사라지기를 반복했다. 다음 날 병원에서 X-ray와 MRI를 찍으니 다행히 뼈에는 이상이 없었다. 다만 등 전체의 타박상이 심해 며칠간 치료가 필요하다는 진단이 내려졌다.

아, 주님께서 나를 붙잡아 주신 것이다. 골반이 먼저 떨어지지 않도록, 살짝 옆으로 밀어 주심으로써 더 큰 재난을 막아 주신 것이다. 그 은혜를 떠올리니 눈시울이 뜨거워졌다. 며칠 동안 복대를 차고 숨쉬기조차 불편한 몸으로 공연 연습을 지도했다. 그러나 공연 날이 다가오자, 몸보다 마음이 더 바빠졌다.

"어르신들이 기다리실 텐데, 우리 목소리와 웃음으로 힘을 드려야지."

노인요양원에 도착하니, 휠체어에 앉은 어르신 스무 명이 넘게 기다리고 계셨다. 우리가 분장하고 들어서자, "와~!" 환한 웃음과 함께 손뼉 소리가 터져 나왔다. 어떤 분은 두 손을 흔들며 우리를 환호했다.

"선생님 와줘서 고마워요."

그 한마디가 가슴 깊이 스며들었다.

우리는 새타령을 시작으로 경기민요, 사랑가, 흥부전, 발레, 동백타

령, 성주풀이까지 이어갔다. 노랫가락이 홀 안을 감싸자 어르신들의 눈빛이 점점 빛을 되찾았다. 웃음소리가 터져 나오고, 손끝과 발끝은 장단에 맞춰 살짝씩 움직였다. 어느덧 한 시간이 훌쩍 지나, 헤어질 시간이 되었다. 어르신들의 아쉬움 어린 눈빛을 바라보며, 나는 말했다.

"이제 식사 시간이네요, 밥 많이 드시고 건강하세요. 그래야 우리가 또 만날 수 있죠."

그 말에 몇 분은 연신 고개를 끄덕였다. 돌아오는 길, 마음이 가볍고 따뜻했다. 봉사는 남을 기쁘게 하는 일이자, 동시에 우리 자신을 치유하는 길임을 나는 다시금 느꼈다.

2010년, 내가 봉사의 길에 첫발을 내디딘 것은 판소리를 배우던 회원들이 무대에 설 기회가 드물어 늘 아쉬워하던 데서 비롯되었다. 마침, 그 무렵은 봉사하는 이들이 많지 않던 시절이었다. "병들고 소외된 분들을 찾아가 즐거움과 희망을 나누자"라는 뜻이 모여 세윤병원에서 첫 공연을 올리게 되었다. 환자들의 반응은 그야말로 뜨거웠다.

그 후 나는 복지관과 병원, 요양원을 매주 돌며 공연을 이어갔다. 자원봉사 센터에 기록된 시간만 해도 십 년 동안 1,200시간을 훌쩍 넘었다. 그러나 코로나가 시작되면서 공연은 멈출 수밖에 없었고, 지금은 한 곳에서만 작은 무대를 이어가고 있다.

세월이 흘러, 어느덧 내 나이 여든을 훌쩍 넘었다. 내년이면 공연 무대에서 내려와야 할지도 모른다. 몸이 따라주지 않아 공연 무대를 떠나야 한다는 생각에 마음 한편이 서운해지지만, 또 다른 길이 열릴 것이라 믿는다.

젊은 날부터 삶을 지탱해 준 믿음, 봉사 속에서 마주한 수많은 얼굴들, 그리고 그 순간순간에 스며든 웃음과 따뜻함, 이제 무대 위에서 노래하고 춤추는 대신, 길 위에서 만난 모든 인연을 내 안에서 피워내며 남은 생은 사랑의 흔적을 남기는 글로 완성하려 한다.

기도문

성모님 아름다운 입으로
남의 단점 결점을
안주 삼아 희희낙락
혀끝에서 공놀이를
하지 않게 지혜를 주소서,

성모님 아름다운 입이
날카로운 화살이 되어
남의 심장을 찌르지 말며
상처받은 멍든 흉터가
오래 남지 않게 하소서.

성모님 아름다운 입으로
시기 질투의 거짓말을
굴비 엮듯 엮어
진짜처럼 전하지 않는
슬기를 주소서.

성모님 아름다운 입에
사랑 바이러스를 주시어
따뜻한 심장으로
외로운 사람들에게
행복을 나누게 하소서.
(2020년 12월 18일)

— 한정남 베르나데트(춘천교구 카톨릭문우회 발표글)